Manfred Stutz

z.B. Sylt

Insel-Geschichten

Bibliografische Information der Deutschen Nationalbibliothek:
Die Deutsche Nationalbibliothek verzeichnet diese Publikation
in der Deutschen Nationalbibliografie, detaillierte bibliografische Daten sind im Internet über http//dnbdnh.de abrufbar

© 2017 Manfred Stutz
Herstellung und Verlag:
Bod – Books on Demand, Norderstedt
Titelbild: Nach einer Arbeit des Autors

ISBN 3-8311-2053-6

Meiner Mutter

Inhaltsverzeichnis

Zu diesem Buch

Faszination Sylt – warum?

Was ist Sylt?

Ferien- und Nudistenparadies, modischer Schicki-mickitreff?

Für viele ja.

Für jemand, der gewohnt ist anders und somit das „andere" zu sehen, gewiß nicht.

Aber was ist dies „andere"?

Sylt ist *gefährdet*, ist in seiner *Existenz* gefährdet.

Nicht heute und nicht morgen, nein.

Doch es lebt unter ständiger Bedrohung, auf Dauer den Mächten der Natur zum Opfer zu fallen.

Unsicherheiten der Existenz, Kampf und auch Tod sind darum thematische Leitlinien, die durch fast alle hier vorliegenden Erzählungen gehen.

Und Sylt ist eine – Insel: Synonym für das Einzelne, das Vereinzelte, das zunächst Sylt und seinen besonderen Charakter meint, darüberhinaus und symbolhaft jedoch auch die Insel – *Mensch*.

Der Mensch auf einer Insel, der Mensch *als* Insel. Jeweils einzelne, situativ oder sonstwie isolierte Charaktere sind „Helden" von Geschichten: „Nofretete", „Der Küster", der alte Mann in „Strandgang", „Der Weltmeister" – ein Einzelner, tragisch Vereinzelter in unmenschlicher Isolation inmitten einer Menge Mensch.

Und der Autor selbst eine Insel, in sich und auf sich allein zurückgeführt bis in die unaussprechliche, sich

Sprache verweigernder Erfahrung von Schuld in der Traumerzählung „Das Wort".

Eine konkrete Schuld zwar im Verlauf des Traumgeschehens, und doch mehr einer Ur-Schuld gleich, die sich in der rigorosen Konsequenz von zu Sprache gekommener Bewußtheit möglicherweise nicht ertragen läßt.

Strandgang
oder
Samstag – vielleicht auch Sonntag

Von oben, vom Kliff herunter, sieht der Strand glatt aus.

Er ist braun.

Zum Wasser hin liegt es hier und da wie Schatten auf ihm, und an den Stellen, wo er dunkelflächig ist, gibt es unterschiedlich große und tiefe Senken. Der Sand dort ist feucht und darum weniger hell, aber die Vertiefungen selbst, die die Senken machen, erkennt man kaum und die Fußabdrücke der vielen Menschen, die seit dem Morgen hier entlang gegangen sind, noch weniger. Vom Kliff aus wirkt alles wie eine ebene Fläche – glatt und eben.

Nur die Räder des Rohrtransporters haben ihre Spur gezogen. Weiter weg vom Wasser, zum Kliff hin, nahe bei der Rohrleitung sind sie als zwei Bänder in den Sand gedrückt.

S. sieht sie, doch das Profil der Reifen, mit Profilstegen mehrere Zentimeter breit und um das doppelte tief, dieses Profil in den Spuren erkennt er von oben ebenfalls nicht.

Er verfolgt den Lauf der Bänder nach Norden.

Er sieht, wie weiter entfernt, da, wo die See und das Kliff aneinander rücken, die Bänder aufeinander zulaufen, sich näher kommen und treffen und als *ein* Band sich dann neben den Rohren verlieren, und weithin beherrscht diese Rohrleitung den Strand, und ihre unbeirrbar gerade Häßlichkeit hebt sich von Sand und Wasser streng ab und läuft auch nach Süden zu, und das Häuflein der Strandkörbe da und dort und selbst die Weite der See vermögen gegen die Dominanz der Rohrleitung nichts auszurichten.

Die Strandkörbe stehen zwischen der Rohrleitung und dem Kliff. Sie drängen sich jeweils dort, wo die Abgänge vom Kliff sind.

Die meisten ducken sich wie in Angst und Erwartung einer Gefahr oder eines plötzlichen Schlages mit dem Rücken gen Westen. Nur einige wenige, die an diesem mehr trüben Tag besetzt sind, öffnen sich zum Meer hin.

Zwischen dem Kliff hier und den Rohren dort sehen sie aus wie in einer Hürde eingesperrt. Die gestreifte Fröhlichkeit ihrer Farben kommt gegen die Monotonie des rostigen Eisens und die rötlich rostfarbene Verzweiflung des Kliffabbruchs nicht an – und die Rohre sind dick und das Kliff ist zerklüftet.

Der Regen des Frühjahrs und Sommers hat Risse und Furchen hineingefressen. Bei den Sturmfluten im Herbst werden wieder einige Meter vom Kliff verlorengehen, und im Winter, wenn der Frost kommt, wird er die Risse und Furchen vertiefen.

Und selbst wenn sie es jetzt schaffen, mit Hilfe der Rohre und der Sandaufspülung auf den Strand vorübergehend etwas gegen die Wirkung der Fluten auszurichten, Regen und Frost tun immer ihr Teil.

S. sieht nach oben.

Der Himmel ist zu.

Am Fuße des Kliffs, wo die Plattform mit dem Imbißkiosk und der Strandsauna und den Toilettenhäuschen steht, liegen die Tücher der Fahnen schlaff an den Stangen.

Manchmal wellen sie sich und flattern auf, ohne daß man sagen könnte, nach welcher Richtung.

Dabei schimmert es unversehens in einem schmalen Spalt oder Loch bläulich durch die Wolken, und man ahnt die Sonne.

Dann ist es, als würde der Sand unten aufleuchten, jäh und wie ein Glanz von Hoffnung – jeweils für einen Augenblick.

Östlich und jenseits der Dünen, von wo S. gekommen ist, geht ein Wind, der stramm vom Festland herüberweht. Die Fahnen stehen dort gerade von den Stangen ab und knattern nach Westen zu.

Auch oben am Kliff merkt er den Wind noch, aber der Strand unten liegt völlig im Windschatten des Kliffs und der landeinwärts gelegenen Dünen.

Erst draußen auf See, jenseits der großen Untiefe, von der Sand abgesaugt und durch die Rohre auf den Strand gespült wird, faßt der Wind wieder. Von dort und von noch weiter draußen blinkt es schaumkronenweiß gesprenkelt herüber.

Der Wind treibt die See vor sich her. Er drückt das Wasser vom Land weg. Gleichzeitig ist Niedrigwasser.

Die See ist weit nach Westen gewichen und hat Sandbänke zurückgelassen.

Zwischen den Buhnen heben sie ihre Buckel klein und rund aus dem flachen Wasser. Die rot-weiß markierten Stangen mit den roten Warndreiecken auf den

Buhnenköpfen recken sich wie Standarten von Vorposten in feindlichem Gebiet.

Wenn die Flut aufläuft und gleichzeitig starker Westwind ist, schauen die Stangen mit ihren Dreiecken noch eben aus dem Wasser heraus. Jetzt sind sie ganz frei und die Buhnenköpfe darunter zu zwei Dritteln.

Und gestern noch haben die Wellen alles überflutet.

Sie sind hoch den Strand hinaufgelaufen bis dicht an die Rohre heran. Sie haben die Wälle der Sandburgen und alles andere überrannt und den Strand geglättet.

Ja, gestern, gestern abend...

Die Sonne ist noch nicht untergegangen, aber steht schon sehr tief.

Und die Wellen kommen herauf.

Sie sind aufgeregt.

Sie stoßen vor, hastig... stoßen vor als könne nichts sie aufhalten... stoßen vor wie mit zuviel Energie versehen – überschlagen sich, laufen aus dann und versickern... versickern und fließen zurück... ruhig jetzt, und es ist flaches, stetig ziehendes Wasser, das zurückgeht.

Es geht zurück wie angezogen vom Meer, vom Meer mit seiner größeren Kraft, geht zurück und versickert und wird dennoch zum Wasser hin scheinbar wieder mehr – und die nächste Welle läuft auf und überrollt es und deckt es zu.

Und der Wind fährt über das zurückgehende Wasser.

Er fährt darüber und rauht es auf.

Er löst Teilchen... reißt sie empor, mehr und mehr, je weniger das Wasser wird. Er treibt sie als Gischtfetzen dicht und sprühend dem Land zu und legt einen Schaumteppich von Gischt auf den Strand.

Gegen die Sonne sieht er aus wie eine weite Fläche von kaltem, trockenem Pulverschnee.

Der Wind heult.

Er jagt die Gischt wie Schneefahnen vor sich her und verwirbelt sie.

Und den Strand entlang ist soviel Gischt in der Luft, daß es weiter nach Norden und Süden hin scheint, als liege Nebel über dem Strand. See und Land und Horizont sind ein Grau, so dicht und undurchdringlich, daß von Westen her die untergehende Kraft der Sonne sich daran vergeudet... vergeudet und verliert und außer dem Grau nichts ist.

Doch um S. herum sowie den Strand ein Stück weit hinauf und hinunter ist alles von Licht durchflutet, einem kalten, blasse Schatten werfenden Licht, das sich in unzähligen fließenden und fliegenden Tröpfchen bricht, darin glitzert und in allen Regenbogenfarben funkelt.

Und durch dieses Glitzern und Funkeln hindurch, *über* dem aufleuchtenden Wasser noch, schon halb in ihm versunken jetzt, stürzt die Sonne in den lodernden Feuerabend – ein riesiger, gleißend strahlender Tropfen selbst, von stürmischen Winden hinabgerissen.

S. geht zum Strand hinunter.

Er überquert die Rohrleitung auf der hölzernen Treppenkonstruktion, die darüber hinwegführt und geht über die ebene Fläche des Sandes bis hinunter ans Wasser.

Das Meer liegt braun da.

Es dümpelt etwas. Seine Wellen laufen nur eben zwei Meter auf den Sand oder schwappen gegen die Buhnenköpfe.

Die Buhnen bestehen aus Betonpfeilern und zum Teil auch aus starken Rundhölzern. Beide, Pfeiler und Hölzer, sind dicht an dicht in den Sand gerammt.

Weiter hinein bis zur Höhe, wohin normalerweise der Wasserspiegel reicht, sind sie von Muscheln überzogen, fadig bebarteten, kleinen Miesmuscheln. Sie wachsen in schwarzen Feldern, die dicht und üppig aussehen.

S. geht nah an eine Buhne heran und riecht daran.

Die Muscheln haben einen modrigen Geruch, die Ränder der Schalen sehen scharfkantig aus.

Mehr zum Land hin bedeckt Seegras, das schwarz vertrocknet ist, die Buhnen. Oder es gibt Algen, kürzer, aber so grün wie Moos. Die Betonpfeiler dort haben der Witterung und dem Wasser nicht standhalten können.

Ihre Stahlskelette zeigen nach oben in die Luft.

Sie sind stark verrostet, dürr weggerottet und teilweise oben umgebogen.

Auf jedem der Pfeiler sieht S. Zeichen. Obenan stehen ein auf der Spitze stehendes Dreieck und die Buchstaben *P* und *T.* Darunter Zahlen, die wie Daten aussehen: *16 2 51, 20 2 51, 13 2 51.* Sie sind unregelmäßig angeordnet und offensichtlich mit Schablonen in den noch weichen Beton gedrückt worden.

Weiter draußen stehen die Reste von alten Buhnen.

Traurige Zeugnisse eines verlorenen Kampfes, die auf Höhe der Buhnenköpfe wie einzelne Zahnstümpfe oder Gruppen davon schwarz, verwittert und ausgehöhlt aus dem Wasser ragen.

Auf einem der Stümpfe, querab von ihm, sieht S. einen Vogel.

Er sieht schön aus.

Er ist schlank, hat hohe, rote Beine und einen langen, schmalen, roten Schnabel. Sein Rücken ist grau. Hals, Kopf und Brust sind weiß, die Spitzen der Schwanzfedern hinten schwarz. Er ist nicht so groß wie eine Silbermöwe, vielleicht sogar noch kleiner als eine Lachmöwe.

Er kommt herübergeflogen.

Er geht am Rand einer Sandbank nieder.

Er läuft ins Wasser, bleibt stehen und pickt. Dann läuft er weiter. Er hält sich immer am Rand, stochert zwischendurch mit dem langen Schnabel im Wasser und läuft nach Süden zu.

Der Mann, der sich ihm von dort her nähert, sieht den schönen Vogel nicht.

Er kommt im Zickzackkurs über den Strand, die Augen hat er ständig am Boden.

Er achtet auch nicht auf die Quallen, die auf seinem Weg liegen.

Die am weitesten den Strand hinaufgespült sind, verlieren schon die Form und sehen grünlich-grau aus und trüb wasserfarben.

Es gibt ziemlich viele dort oben. Sie markieren den Flutsaum von gestern abend. Darüberhinaus sind sie über den ganzen Strand verteilt, und unten am Ebbe-rand liegen die meisten.

Die Wellen schwappen sie auf den Sand und holen sie wieder zurück. Fast scheint es, als bewegten sie sich... bewegten sich aus eigener Kraft.

Sie haben auch noch schöne, lebendigere Farben.

Doch der bläulich durchsichtige Pumpschirm und die dunklere Mitte verblassen ebenfalls schon, und das Hin- und Hergeschwappe ist tot und gallertartig.

Nur der Streifen, der dunkel und schmal am rund gezackten Rand des Schirms entlanggeht, ist unverändert kräftig gezeichnet und sieht aus, als lebten die Quallen noch.

Der Mann geht barfuß.

Seine Hosenbeine sind bis über die Knie aufgerollt, die weißen Haare auf seinem Kopf zu Stoppeln geschnitten.

Er bückt sich nach einer Flasche.

Er sieht auf, nah vor sich, dann etwas entfernter, in Richtung zum Wasser und geht hinunter.

Der Vogel fliegt auf.

Er steigt nicht hoch und hält ein Stück nach Norden, wo hinter der Kioskplattform der Rohrtransporter herankommt.

Dann fliegt er aufs Meer hinaus.

Sein Flügelschlag ist eher hastig.

Er hat nicht das Weitausholende, wie man es bei den großen Möwen sieht, und auch nicht die Ruhe ihres Gleitens.

Der Mann geht wieder den Strand hinauf, wo der Transporter langsam näherzieht.

Er fährt in der alten Spur.

Langsam, doch vorbestimmt und sicher wie ein Schienenfahrzeug kommt er auf seinen acht Rädern daher.

Der Mann sieht nicht auf.

Er tritt einfach zur Seite und läßt die Maschine vorbeifahren, eine riesige Maschine, deren Räder höher sind, als der Mann groß ist.

Der Transporter ist immer unterwegs.

Stets schleppt oder zieht er etwas den Strand entlang, und es spielt keine Rolle, welcher Tag es ist.

Heute ist Samstag.

Vielleicht auch Sonntag.

Es macht keinen Unterschied.

Die Gezeitenströme werden dadurch nicht ausbleiben, und für den Mann ist es wahrscheinlich ebenfalls egal.

Er ist auch immer unterwegs, jeden Tag.

Er steht neben der Spur und wartet.

Der Transporter fährt leer, aber hinten in die Hängerkupplung haben sie ein Stahlseil eingehängt, das dick und ungeheuer lang ist.

Es gleitet wie aus eigener Kraft durch den Sand und will kein Ende nehmen, und der Mann steht, er steht einfach da, ohne daß seine Blicke den Weg der Maschine oder das Seil verfolgen. Er steht da und sieht vor sich in den Sand und wartet und läßt die Maschine und das Seil vorbeiziehen.

Er tritt wieder in die Spur.

Er piekt einen Pappbehälter auf und geht ein Stück weiter.

Vor ihm im Sand steckt eine Plastikplane.

Er packt sie mit der rechten Hand und reißt daran.

Er legt seinen Piekstock hin und dann den Müllsack und zieht mit beiden Händen.

Er stemmt die Füße ein.

Er reißt zu sich hin und von sich weg und versucht es seitwärts. Er stochert mit dem Stock um die Plane herum im Sand, benutzt ihn als Grabstock und reißt erneut.

Dann gibt er auf.

Er fährt sich mit dem Handrücken über die Stirn und hebt den Kopf – zum erstenmal.

Sein Gesicht hat viele Falten.

Es ist zerfurcht wie das Kliff.

Er nimmt den Stock und den Sack auf und zieht weiter über den Strand.

Er geht gebückt, hat den Kopf gesenkt und die Augen wieder am Boden.

Er ist ein alter Mann und dürr, und als er aufgeschaut hat, war es weniger das Alter als solches, das aus den Furchen seines Gesichts sprach, als vielmehr die Tatsache, daß er sich wohl abgefunden hat – mit vielem... vermutlich mit allem.

Und S. hat gesehen, daß sich darin jener stille, verzweiflungs- und erwartungslose Ausdruck fand, wie er das Resultat allzuvieler, kleiner und großer, allzuvieler Niederlagen in einem Leben ist. Ein Ausdruck, der ohne Verstellung Zeugnis gibt von völliger Unterwerfung unter das, das ihm die Niederlagen zugefügt hat – eben jener Ausdruck, den jemand hat, der zu der Erkenntnis gekommen ist, daß das Leben eines Men-

schen aufs Ganze gesehen nichts anderes als eine Nie-
derlage sein kann.

Der Redner

Der Mann vorne ist jetzt in Fahrt – die Leute applaudieren.

Erst kommt es noch zögernd, nach und nach klatschen mehr.

Es ist heiß im Saal.

Gleich zu Anfang hat der Mann gebeten, jemand aus den rückwärtigen Reihen möge etwas frische Luft hereinlassen. Er hat nach hinten in den Raum gedeutet, und ein Junge ist aufgestanden und hat eine Tür an der Rückwand des Saales geöffnet.

Trotzdem ist es heiß.

Und die Luft ist verbraucht.

S. sieht sich um.

Der Saal ist abgedunkelt.

Die Stuhlreihen stehen auf einem Linoleumboden von durchgehend ebener Fläche, so daß er nur die Umrisse der Leute unmittelbar vor oder neben sich sieht, aber er weiß, der Saal ist voll.

Als er gekommen war, saßen schon viele da, und als er selbst Platz genommen hat, ist an der Kasse vorne beim Eingang das Gedrängel noch einige Zeit weitergegangen.

Zum Schluß, als die Zeit des Veranstaltungsbeginns schon überschritten war, haben sie zusätzliche Stühle hereingebracht und sie vorne im Mittelgang und an den Seiten aufgestellt.

S. hat versucht, die Stuhlreihen zu zählen und auch abzuzählen, wie viele Leute in einer Reihe sitzen, aber er hat es aufgeben müssen, weil der Mann vorne dann anfing.

Es sind auf jeden Fall zu viele, denkt er.

Noch dazu unter diesen Bedingungen, wo es draußen regnet und windig ist und sie keine Fenster öffnen können. Außerdem gibt es keine Frischluftanlage im Saal.

Der Mann vorne hat das gleich zu Anfang erwähnt und die Leute um Verständnis gebeten.

Aber darum geht es nicht.

Die Vorrede, die eigentlich zu lang war, haben sie geduldig, wenn auch zunehmend unkonzentriert hingenommen. Und als es dunkel wird, sind sie in Erwartung der Bilder, die folgen sollen, noch einmal hellwach.

Sie räuspern sich und hüsteln, rücken auf den Stühlen und scharren mit den Füßen – doch bald danach ist es still. Auf eine bestimmte und sehr eindeutige Art still.

Es ist einfach so, daß sie gegen die verbrauchte Luft und gegen die Hitze nicht ankommen. Die meisten fangen an, vor sich hinzudösen.

Aber nun, wo der Mann vorne dabei ist, sie wach zu machen, rühren sie sich wieder.

Zu viele von ihnen hatten, was ihre Müdigkeit betrifft, den kritischen Punkt lange überschritten. Nun scheint es, sind sie dankbar, daß er ihnen hilft, damit fertig zu werden.

Ja, sie sind froh, etwas tun zu können.

Und der Mann weiß das.

Er ist ein erfahrener Redner.

Er hat seinen Vortrag bestimmt so oft gehalten, daß er ihn im Schlaf hersagen kann. Manchmal merkt man bei ihm zuviel Routine, doch wenn er will, spricht er gut.

Jetzt will er.

Und die Leute klatschen erneut – sie wollen auch und spielen mit.

Auf der Leinwand erscheint ein neues Bild, alle machen „ooh...".

Es ist ein eindrucksvolles Bild und ein „Ooh...", das dem ganz Rechnung trägt – ja, sie sind wieder da.

Und der Mann faßt nach.

Er zeigt in schneller Folge einige weitere Dias.

Seine Stimme hebt sich.

Und jedesmal, wenn die Leute „ooh..." machen, kommt zu S. ein Geruch herüber, als säße irgendwo in seiner Nähe ein Magenkranker.

Ihm ist heiß, und er schwitzt wie alle im Saal.

Er rutscht auf seinem Stuhl, der ihm sehr hart vorkommt, bewegt die Beine und versucht sie auszustrecken, aber natürlich haben sie die Sitzreihen viel zu dicht aneinandergestellt. Er stößt gegen die Füße seines Vordermannes und zieht die Beine wieder an.

Es ist ein fauliger Mundgeruch und gleichzeitig säuerlich wie vom Magen her.

S. hatte auch schon andere Gerüche wahrgenommen – vor allem zu Beginn der Veranstaltung. Düfte von Cremes und Parfüms waren da um ihn gewesen.

Doch seit einiger Zeit hat er gar nichts mehr gerochen, und nur jetzt, wo sie immer „ooh..." machen, ist da dieser Geruch, der von schräg hinter ihm zu kommen scheint. Für einen Augenblick ist er in Versuchung sich umzudrehen. Dann fragt er sich, warum er das Schwitzen der Leute und seinen eigenen Schweiß sowie die Hitze und die verbrauchte Luft nicht auch und ständig riecht.

So sah es im Januar sechsundsiebzig aus, hört er die Stimme des Mannes, der dann schweigt und eine längere Pause macht und das Dia-Bild auf die Leute wirken läßt.

Ja, der Deich nachher... *nach* der Flut! – Bitte, achten Sie auf die Form... die Böschung, viel zu steil... der Böschungswinkel! – Das Wasser greift direkt an, es unterspült den Damm!

Ein neues Bild erscheint.

Ein *moderner* Deich! – Sehen Sie, ein *flacher* Böschungswinkel! Acht Meter hoch und so ein Profil, und nichts kann passieren!

Und er kommt wieder zur Politik.

Er hat von Anfang an für den Küstenschutz geworben, auch davon sind die Leute müde geworden.

Die meisten sind offensichtlich nicht darauf eingestellt, etwas über diese Dinge zu erfahren.

Es ist zu nüchtern, zu wenig spannend.

Sie sind in Urlaub und wollen unterhalten sein. Sie haben Geld gezahlt und wollen dafür etwas geboten kriegen, so wie der Titel des Vortrags und die Plakate, die in reißerischer Graphik und Gestaltung ihn überall ankündigen, es zu versprechen scheinen: *Die große Flut!*

Das klingt nach Nervenkitzel.

Und eine wohlige Ahnung des Grauens, das uns umgibt und unverhofft Schicksal werden kann... Schicksal für *andere*, für andere ja möglichst doch, darf man sich eigentlich davon erwarten – ja, den lust- und schaudervollen Blick aus der Loge in den Abgrund ungesicherten Seins, das ist es, was die Plakate ihnen ankündigten, und das wollen sie haben.

Aber der Mann vorne tut seine Arbeit.

Er ist gekommen, um Politik zu machen, und natürlich auch, um etwas über die Flut zu erzählen, als Aufhänger sozusagen.

Und wenn er seiner Arbeit nachgeht, betreibt er Sympathiewerbung für ein Küstenschutzprogramm mit dem Ziel, Geld locker zu machen – beim Staat und ebenso bei den Leuten im Saal.

Er ist geschickt dabei.

Er versteht es, ein Klima unverbindlicher und allgemeiner Bejahung herzustellen. Die Jugend ist eigentlich gar nicht so schlecht wie ihr Ruf, sagt er – und ein Programm von vier Milliarden, und alles ist für alle Zeiten in Ordnung.

Er begründet das.

Er gebraucht eine Menge Begriffe wie „Flunderbuhnen" und „Deckwerksanlagen", „Tetrapoden" und „Sandfangzäune". Er spricht von „statischem" und „dynamischem Küstenschutz" sowie davon, daß alles technisch möglich und finanziell machbar sei.

S. merkt, wie die Leute wieder müde werden und er selber auch.

Doch der Mann vorne ist wirklich ein erfahrener Redner. Er hat sein Publikum jederzeit unter Kontrolle.

Er weiß, wieviel er den Leuten zumuten kann, ohne daß seine Arbeit in Gefahr gerät, umsonst gewesen zu sein oder gar das Gegenteil dessen zu bewirken, was er beabsichtigt.

Er wechselt wieder zur Flut und zeigt Bilder: rasende, schwarze Wolken, hochtürmende Wogen – Wolken und Wogen gleichermaßen vom Sturm zerrissen. Geborstene Deiche, ertrunkenes Vieh und Wasser... Wasser so weit das Auge reicht. Land unter Wasser mit einzelnen, verlorenen Häusern in den Fluten. Auf den Dächern der Häuser Menschen, wie Gläubige vor dem Altar inbrünstig nach oben blickende, auch mit den Armen fuchtelnde, von oben Rettung erwartende Menschen.

Es sind dramatische Bilder.

Er spricht vom Untergang Rungholts, den vielen Toten der großen Mandraenke von 1362 und von den vielen Toten 1962.

Die Leute sind still... auf eine andere Art jetzt allerdings als zuvor.

Der Mann vorne zeigt noch einige schöne Bilder vom Meer und der Sonne, die auf- oder untergeht.

Dann flackert das Röhrenlicht an.

Die Leute stehen auf.

Sie sehen zufrieden aus.

Es war wohl ein versöhnlicher Abschluß für sie. Alles in allem, so scheint es, haben sie das Erwartete bekommen.

Auch der Mann sieht zufrieden aus.

Er steht beim Ausgang und spricht mit jemandem, zu dem er „Herr Professor" sagt. Er spricht laut und lacht und gibt dem Professor Grüße auf den Weg für einen anderen Herrn Professor in Hannover.

Er läßt Bücher verkaufen.

Ein Helfer an der Tür hält den Leuten eine Sammelbüchse hin.

Dann ist S. auf der Straße.

Es regnet nicht mehr.

Die Luft ist frisch. Es scheint ihm einen Augenblick, jetzt hier draußen erst könne er die verbrauchte, geruch- und schweißfeuchte Luft des Saales riechen.

Er geht hinüber ans Kliff.

Es ist nicht weit, und er blickt auf das Meer hinaus und sieht es anrennen.

Links von ihm steht das Haus.

Er sieht hinüber und versucht sich zu erinnern, was der Mann darüber gesagt hat.

Ja, er hat von dem Haus gesprochen... vor zwanzig oder fünfundzwanzig Jahren war es noch siebzig Meter vom Kliff entfernt... siebzig Meter. Nun steht es hart an der Kliffkante, ragt mit Teilen darüber hinaus und ist schon seit etlichen Jahren nicht mehr bewohnt.

S. sieht wieder aufs Meer.

Und auf den Strand.

Da unten laufen die Rohre, die den Sand aufspülen.

Es sind dicke Rohre, und sie sollen einige hunderttausend Kubikmeter anlanden.

In der Dunkelheit sieht er die Wellenkämme, die weiß anrennen.

Sie kommen aus dem Dunkel draußen, einer hinter dem anderen und immer und immer wieder.

Er sieht noch einmal zum Haus und hinunter zum Strand mit den Rohren darauf und wieder aufs Meer.

Es ist gut, denkt er.

Dann fängt es an zu nieseln.

Er zieht die Schultern hoch und dreht sich um und geht.

Nofretete

Es gibt hin und wieder Mädchen am Strand, die einem gefallen könnten.

Sie sind hübsch, teilweise sehr hübsch, aber sie sind in Gesellschaft ihrer Kerle oder Familien, und darüber hinaus und genau besehen ist außer der ansprechenden Ebenmäßigkeit und Sauberkeit ihrer Erscheinung an ihnen nichts wirklich Bemerkenswertes – nichts, mit dem man einen Annäherungsversuch vor sich rechtfertigen könnte.

Allerdings sind sie hübscher als das Mädchen im Strandkorb vor ihm, denkt er.

Er wundert sich.

Der Korb ist ungefähr zehn oder zwölf Schritte von ihm entfernt. Er steht nach Südwesten zu gegen die Sonne gedreht. Seine Vorderseite öffnet sich direkt zu ihm hin. Zwischen dem Mädchen und ihm ist nichts, das den Blick verstellt, und er fragt sich, warum er sie erst jetzt bemerkt.

Er versucht sich zu erinnern.

Als er kam, waren noch viele Leute am Strand.

Er ist an den Strandkörben vorbei und das letzte Stück zwischen ihnen hindurch bis an den Rand des von ihnen belegten Strandabschnitts gegangen.

Er hat eine Kuhle gebuddelt und dabei den Hund im Auge behalten, daß er nicht zu weit fortläuft oder gar zwischen den Strandkörben verschwindet.

Dann hat er sich hingelegt, den Hund herbei gepfiffen und in der Sonne gedöst.

Ja... zehn, höchstens zwölf Schritte – und vielleicht bin ich sogar eingeschlafen.

Er weiß es nicht.

Er hat auch kein Gefühl, wieviel Zeit vergangen ist, seit er sich hingelegt hat – eine, zwei Stunden?

Fünf Minuten?

Und er weiß ebensowenig, ob sie vorher überhaupt schon im Korb gewesen ist.

Vielleicht war sie im Wasser, als ich kam.

Er hat den Kopf auf den verschränkten Unterarmen liegen und sieht sie an.

Oder sie ist erst nach mir gekommen...

Nein, ihr Gesicht ist nicht hübsch.

Ausgesprochen häßlich allerdings auch nicht.

Er findet, ihre Nase ist zu groß, um ein hübsches Gesicht zu machen– eins von diesen hübschen Puppengesichtern der hübschen Mädchen unten am Wasser.

Und auch ihre Augen... ja, die Augen sind auch zu groß.

Er sieht ihren Kopf im Halbprofil. Wie sie aussieht, erinnert es ihn an die Darstellung von Frauenköpfen auf altägyptischen – nein, auf alten kretischen Malereien.

Ihr Haar entspricht diesem Bild.

Es ist halblang, dunkelbraun und kräuselig.

Es gefällt ihm.

Soweit er erkennen kann, gefällt ihm auch ihre Figur.

Vielleicht hat der Korb andersherum gestanden, denkt er.

Er dreht den Kopf etwas und blickt zum Hund.

Der liegt lang ausgestreckt neben der Kuhle, schläft fest und hat noch nicht mitbekommen, daß sein Herr das Dösen oder Schlafen beendet hat und sich bewegt.

Ja, das ist gut möglich... sie hat im Korb gesessen... und der hat so herum gestanden, daß er sie nicht hat sehen können.

Aber er ist sich nicht sicher, ob er den Korb selbst überhaupt wahrgenommen und ob er so wie jetzt oder andersherum gestanden hat, und natürlich kann sie auch am Strand spazieren gegangen oder im Wasser gewesen sein zu der Zeit, als er kam.

Er sieht wieder zu ihr hinüber.

Er gesteht sich ein, daß etwas an ihr ist, das ihn zwingt, Überlegungen anzustellen, warum er sich nicht vorher schon Gedanken über sie gemacht hat... oder nicht hat machen können.

Es hat weniger damit zu zun, daß sie allein ist und er glaubt, ihre Haare und ihre Figur gefielen ihm.

Es hat auch nichts damit zu tun, daß sie nichts anhat.

Fast alle hier am Strand sind nackt. Auch die hübschen Mädchen, und man gewöhnt sich daran.

Er überlegt.

Sie liegt auf eine Art im Korb, die man durchaus als anstößig empfinden kann. Wenn er die Sache oberflächlich angeht, fühlt er, könnte er seine Aufmerksamkeit damit erklären.

Doch das ist es nicht.

Er empfindet es nicht als anstößig, wie sie sich gibt.

Sie liegt quer im Korb.

Ihr Rücken lehnt gegen die linke Seitenwand. Das rechte Bein liegt auf der Sitzbank und ist im Knie angewinkelt, das linke Bein hängt von der Bank herunter.

Da, wo sich die Schenkel treffen, sieht er das dunkle Haardreieck. Sie hat sie weit geöffnet, so, als solle ihr Schoß jeden Sonnenstrahl aufnehmen.

Die Sonne steht schräg, und die Frau liegt so und hält ihren Schoß ihr so entgegen, als sei niemand außer ihr am Strand.

So wie er sie bis vor kurzem nicht bemerkt hatte, scheint auch sie nicht zu wissen oder es einfach vergessen zu haben, daß sie nicht allein ist und er nur wenige Schritte von ihr entfernt im Sand liegt.

Aber ihre Haltung hat nichts Aufreizendes oder gar Schamloses an sich, sagt es in ihm, und er fragt sich, wie das kommt.

Er denkt nach, ohne eine Erklärung zu finden.

Schließlich meint er, sich wenigstens Klarheit darüber verschafft zu haben, warum sie ihn vom ersten Augenblick an beschäftigt hat, und daß wohl der Gegensatz zwischen der scheinbaren Eindeutigkeit ihrer Körperhaltung und der weniger eindeutigen Wirkung auf ihn ihm hinreichend Grund geben könne zu glauben, er müsse nunmehr wissen, was an ihr Interessantes sei.

Zuerst will er sich damit zufrieden geben.

Dann betrachtet er wieder ihr Gesicht und merkt immer deutlicher, daß es an diesem von ihm so empfundenen, mehr äußerlichen Spannungsverhältnis eigentlich nicht liegt.

Es ist vor allem der Ausdruck ihres Gesichts selbst.

Das sieht er, meint es sehen zu können, ohne allerdings zunächst in der Lage zu sein sich zu sagen, was genau es damit auf sich hat.

Jedenfalls ist dieser Ausdruck so, daß ihm ihre Haltung nicht schamlos erscheint.

Sie ist, so kommt es ihm vor, der angemessene körperliche Ausdruck dessen, was er in und auf ihrem Gesicht sieht.

Es ist eigentlich leer.

Andererseits und paradoxerweise offenbart es eine Nacktheit, die sich mehr entblößt, als sie es je mit ihrem Körper und dessen Haltung tun kann.

Die meisten der Mädchen und jungen Frauen mit den hübschen Gesichtern sind nackt auf eine Art, wie das Seewasser kühl ist und der Sand steril.

Ihre Nacktheit aber ist warm wie die Sonne und sinnlich.

Es ist, als könne er sie riechen und schmecken und fühlen. Selbst auf die Entfernung von etlichen Schritten hin riechen, schmecken, fühlen, und sie ist wirklich erstaunlicherweise so, daß er sich mehr als Voyeur vorkommt, wenn er die Blöße ihres Gesichts betrachtet als die ihres Körpers.

Sie liest.

Oder vielmehr sie hält in der linken Hand ein Buch und sieht hinein.

Doch ihr Gesicht sagt, daß sie nicht bei dem ist, was sie scheinbar tut.

Beim ersten Darüberhinsehen wirkt es nur unbeteiligt.

In einem Maß, daß er sich für einen Moment wieder

täuschen läßt und er sich fragt, ob es denn wirklich etwas anderes und mehr noch sei als lediglich diese deutliche Art von Desinteresse.

Sie schlägt eine Seite um.

Dann senkt sie das Buch.

Sie schaut nach unten in den Sand und länger aufs Meer hinaus. Er kann deutlich erkennen, daß sie nichts von dem, was sie sieht, eigentlich auch wahrnimmt. Sie sieht einfach irgendwo hin, ohne im mindesten eine innere Beziehung dazu aufzunehmen, und der Ausdruck ihres Gesichts ändert sich nicht.

Er greift nach seinem Leinenbeutel, kramt darin herum, findet die Sonnenbrille und setzt sie auf. Er sieht, daß der Hund den Kopf hebt, wie fragend zu ihm herüberschaut, und als er sieht, daß sein Herr liegen bleibt, den Kopf wieder fallen läßt.

Er beobachtet sie weiter und denkt, sie wartet auf jemanden und kann mit sich und ihrem Warten nichts anfangen und gibt sich einer intensiven Art spannungsloser Langeweile hin.

Er überlegt, ob er zu ihr hingehen soll.

Er wird sie ansprechen, und alles andere wird sich ergeben.

Wenn sie auf ihren Kerl wartet oder er nicht ihr Typ ist – einen Versuch ist es vielleicht wert, warum auch nicht?

Er überlegt das wirklich einen Moment und fühlt gleichzeitig, wie lächerlich es ist, und daß er genauso gut ernsthaft überlegen könne, wie er es am besten anstellt, sich an jemanden wie – Nofretete zum Beispiel heranzumachen.

Dann merkt er, daß sie tatsächlich nicht da ist.

Ihr Geist ist nicht da.

Nur ihr Körper.

Ihr Körper, der sich der Sonne geöffnet hat und über den ein eben noch merklicher, immer neu anhebender und sich verlierender Strandwind geht.

Er merkt es, als sie das Buch wieder hochhebt und beginnt wie vorher zu lesen. Dabei fängt sie an sich zu liebkosen.

In der linken Hand hält sie das Buch und mit der rechten streichelt sie sich. Erst an der Schläfe, am rechten Ohr und im Nacken. Dann streichelt sie ihren Bauch und die Schenkel. Schließlich nimmt die Hand ihre linke Brust und streichelt und drückt sie.

Es sieht aus, als wäre es nicht ihre eigene, sondern die Hand eines Geliebten. Es ist viel Zärtlichkeit darin, und sie gibt sich dem ganz hin. Es steht auf ihrem Gesicht.

Sie ist so weit entrückt, daß es scheint, ihr Körper hat sich mit den Elementen verbunden und ist Sonne und Wasser und Sand und Wind, und es ist deren Zärtlichkeit, die sie liebkost.

Sie läßt die Hand an der Brust und streichelt sich und es ist ihm nicht peinlich, sie die ganze Zeit anzusehen.

Das kleine Schuldgefühl des Voyeurs, das er vordem in sich hat aufkommen fühlen, ist weg.

Die Art, wie sie sich streichelt, macht ihn nicht verlegen und auch nicht, daß sie es überhaupt tut. Er bewundert ihre Selbstvergessenheit und denkt, sie streichelt sich, wie eine Katze ihr Fell mit der Zunge streichelt, und er findet es in der Ordnung.

Er kann nun auch sagen, welchen Ausdruck ihr Gesicht hat.

Es ist nicht Langeweile oder Desinteresse an etwas.

Es ist Trägheit.

Eine Trägheit, wie er sie allein mit dem Begriff animalisch sich verständlich machen kann.

Es ist die Trägheit der Mänade, die nach der Erschöpfung der Sinne neuem Rasen entgegenruht und die nichts weiter ist als Physis und unreflektierte Lust. Räkelnde, interesselose Trägheit des jeweiligen Augenblicks, die alles nur durch den Körper und seine Bedürfnisse, von halbwachen, indifferenten Stimmungen und Gefühlen vielleicht geführt, nur durch solche Bedürfnisse erfährt und die sich ihrer selbst und ihres Trägers nicht bewußt ist.

Und genauso ist ihre Nacktheit.

Sie ist nicht schamlos und auch nicht keusch zu nennen, sie ist jenseits moralischer Kategorien.

Sie ist nackt, wie ein Kind nackt ist.

Aber sie ist kein Kind.

Sie ist eine Frau, und sie hat alle Reize, die eine Frau für einen Mann nur haben kann.

Es ist hier wieder ein Gegensatz zwischen dem Innen und Außen ihrer Erscheinung, der ihr seinen besonderen Reiz gibt.

Das Mädchen im Korb bekommt dadurch eine eigene, ganz eigentümliche erotische Ausstrahlung. Sie hat er wohl von Anfang an gespürt, ohne schon davon gewußt zu haben.

Er sieht aufs Meer und denkt darüber nach.

Als er wieder zu ihr hinschaut, ist sie aufgestanden.

Sie bückt sich und kramt in einer Tasche.

Dann richtet sie sich auf, dreht einen Pfirsich in den Händen, sieht aufs Meer hinaus und beginnt den Pfirsich zu essen. Sie ißt langsam und mit Unterbrechungen.

Ihre Figur gefällt ihm wirklich.

Sie ist nicht zu schlank und auch nicht stark. Wie es aussieht, hat sie überall festes Fleisch.

Ihre Brüste sind groß und sie hängen ein bißchen.

Sie sind nicht so braun wie der übrige Körper. Auch über den Hintern und die Oberschenkel hinweg hat sie einen Streifen hellere Haut. Ihre Beine und der Schwung ihrer Hüften gefallen ihm, ebenso ihr Hintern, der rund und fest ist.

Obwohl sie jung ist, hat ihr Körper schon eine gewisse frauliche Reife, die allerdings frisch, durchaus frisch ist und die er mag.

Sie ißt den Pfirsich.

Als sie fertig ist, läßt sie den Kern fallen. Mit dem rechten Fuß scharrt sie etwas Sand darüber.

Sie bückt sich zur Tasche herunter und reibt ihre Hände an einem Tuch. Dann geht sie wieder zum Korb und legt sich hinein.

Alles, was sie getan hat, hat ausgesehen wie vorher ihr Lesen.

Er sieht wieder aufs Meer hinaus.

Anfangs muß er an sie denken.

Dann, nach und nach, verliert er sich in der Betrachtung des Meeres.

Es ist ruhig.

Es liegt da und ist glatt und unbeweglich und grau-grün. Erst weiter draußen kräuselt ein beständiger Wind Schraffuren auf die Oberfläche.

Es liegt da, und er kann sehen, wie es in kleinem Auslaufen an das Ufer schwappt, den Sand netzt und sich verliert, und es ist wie ein Überfließen aus einem inneren Zuviel.

So, als sei irgendwo mitten im Meer der Puls einer Quelle, aus der all das viele Wasser kommt, und als sei das Meer voll und würde überlaufen und sich verteilen, in stetigem Rhythmus und leise.

Einzelne, heranlaufende Wellen kann er kaum unterscheiden. Er sieht ein nur eben noch merkliches, in Ruhen und Selbst versunkenes Leben, das die Wasserfläche im Gleichmaß des Quellenpulses und in unmerklich nahender Verschiebung hebt und senkt, hebt und senkt, und hebt und senkt, wie in Schlafatem hebt und senkt – und es schwappt und schwappt wieder und leckt am Strand.

Er sieht es, aber es ist wie Fallen und Stürzen, von dem man nichts spürt, durch Leere wie im Traum, und die brandungslose Stille irritiert ihn.

Es ist nichts da, das gleichsam und gewohnterweise den Raum des Meeres auch akustisch begrenzt, und dessen Weite greift aus, kommt über ihn sowie das Land, und er hat eine Empfindung, durchsichtig und still, wie auf einer Waldlichtung im Altweibersommer, wenn im Nachmittag dies besondere, schwebende Licht des reifen Jahres ist und Spinnfäden fliegen.

Dann brist es auf, und es wird kühler.

Als er sich den Bademantel anzieht, sieht er, daß sie wieder steht.

Sie hat ein Kleid an.

Sie steht rechts neben dem Korb.

Sie kehrt ihm den Rücken zu und steht sehr gerade und reglos. Ihre Beine sind etwas auseinandergestellt, die Arme hängen herunter.

Ihr Kleid hat kurze Ärmel. Es ist rostbraun mit eckig geometrischen, roten Mustern darin. Es ist, wie es aussieht, ein dünnes, nicht sehr weites Sommerkleidchen, das ihre Knie frei läßt.

Der Wind steht ihr im Rücken.

Er zaust an ihren Haaren und drückt das Kleid fest an den Körper, und vorne flattert es.

Er kann ihr Gesicht nicht sehen, aber er stellt sich vor, daß sie die Augen geschlossen hat.

Sie bewegt sich längere Zeit nicht, steht einfach da und bewegt sich nicht.

Sie steht und hat offensichtlich Gefallen daran, wie der Wind das Kleid gegen ihre Haut preßt, daran zerrt und sie reibt und wie das Kleid an ihren Beinen flattert.

Dann bückt sie sich.

Sie nimmt die Beine noch etwas auseinander und winkelt den Körper nach vorne hin in den Hüften ab. Gleichzeitig streckt sie die Arme, bis ihre Hände flach auf dem Sand aufliegen. Ihr Kopf hängt genau auf Höhe der Knie. Sie hat sie durchgedrückt und hält die Beine gerade.

Sie streckt ihm ihren Hintern entgegen.

Die Rundung des Rückens hat ihr Kleidchen hochgezogen.

Er sieht, daß sie darunter nichts anhat.

Der Wind zerrt am Kleidsaum.

Es rutscht noch weiter hinauf und er sieht ihr Geschlecht, ein so üppiges Geschlecht.

Und ihre Augen.

Sie sind geöffnet.

Wenn sie ihn nur irgendwie wahrnimmt, muß sie zwischen ihren Knien hindurch sehen, daß er sie beobachtet.

Und er hat den Eindruck, sie kann gar nicht anders,
als in seine Richtung und ihn sehen... nein, sie kann
nicht anders.

Aber sie verbleibt einige Zeit in ihrer Stellung.

Ihre Haltung wirkt entspannt und keineswegs angestrengt, und die ganze Zeit sieht er ihre Augen und ihr
Geschlecht, dies üppige, volllippige Stutengeschlecht.

Zum ersten Mal ist er verunsichert und will von ihr
wegsehen, doch er zwingt sich, sie weiter anzuschau-
en.

Dann läßt sie den Kopf zwischen den Schultern pen-
deln und beginnt mit den Armen zu kreisen. Danach
richtet sie sich auf und macht einige gymnastische
Übungen.

Es erstaunt ihn, mit welcher Geschmeidigkeit sie sich
biegt und dehnt und streckt. Ihr voller Körper scheint
ihm dafür nicht gemacht zu sein.

Er sieht zu, wie sie mit fliegenden Armen seitlich hin
und her schwingt. Und der Schwung macht sie lang
und hebt sie bis auf die Zehenspitzen empor.

Anschließend tanzt sie.

Es ist ein Tanzen, das sehr anmutig ist. Es hat dieselbe Leichtigkeit wie die gymnastischen Übungen.

Alle ihre Bewegungen sind aufeinander abgestimmt. Sie macht Schritte und Drehungen, ihr Rumpf beugt und streckt sich, die Arme schwimmen im Luftmeer.

Sie tauchen hinein, teilen es und tragen sie. Ihre Hände schweben wie Vögel, stürzen plötzlich nieder, von der Schwere der Erde getroffen... flattern wieder empor.

Sie tanzt wunderbar.

Sie schreitet, trippelt und läuft, bewegt sich vorwärts, rückwärts und seitlich, dreht sich links und rechts herum – und es ist vor allem der Ausdruck der Hände und Arme, der ihrem Tanz das Schwebende gibt, und er harmoniert mit den Bewegungen der Beine und des Körpers.

Sie tanzt weich und fließend und vollkommen kontrolliert und doch so, als sei es nicht vom Verstand geleitet, sondern käme direkt aus der Mitte ihres Seins.

Das macht die Leichtigkeit, mit der sie tanzt, und der Sand, auf dem sie tanzt, kann sie ihr nicht nehmen.

Unten am Wasser bleiben einige Leute stehen und sehen zu ihr herauf.

Und sie tanzt.

Es ist nichts Lächerliches oder Affektiertes in dem, was sie tut. Auch nichts Geziertes. Nichts, das auf etwas zielt.

Ihre vorherige Trägheit ist verschwunden, ohne einer Hast oder Übereilung Platz gemacht zu haben. Es scheint, sie ist ein Mensch, der ein Maß in sich hat. Alles wirkt vollkommen natürlich.

Sie tanzt aus sich heraus und gleichzeitig wie mit etwas anderem verbunden, so wie Menschen einer frühen Kultur getanzt haben mögen, die im Tanz bei ihren Göttern waren.

Dann hört sie auf.

Sie geht hinunter ans Wasser, und er steht auf und sieht ihr nicht nach.

Sie bleibt einige Zeit weg.

Er neckt den Hund ein bißchen, läßt ihn spielerisch nach seiner linken Hand schnappen und spricht mit ihm.

Dann kommt sie zurück, nimmt ihre Tasche auf und – geht auf ihn zu.

Sie geht direkt auf ihn zu.

Als er es nach dem ersten Schritt, den sie tut, bereits ahnt, schießt es ihm heiß durchs Herz, macht es schneller schlagen, strömt ihm heiß zum Kopf, daß er errötet.

Und während er noch den Hitzeschwall in sich spürt, ist ihm bewußt, daß sie sich nicht zu ihm, sondern in Richtung des südlichen Aufgangs am Kliff hin bewegt.

Doch obwohl er es weiß, sicher weiß, wirkt die erste Empfindung als heftiger Schreck in ihm nach, und er tritt – ohne zu wissen, daß er es tut – zwei Schritte beiseite.

Es ist wirklich wie ein gleichsam heiliger, hier nun lächerlicher, über Gebühr anhaltender Schreck in ihm, der natürlich von einer tiefsitzenden, alten Angst vor

Unterwerfung und Demütigung durch Dämonen des Geschlechts weiß – und er sieht sie an, sieht sie wie gebannt an und schaut ihr ins Gesicht.

Ihre Nase kommt ihm im Näherkommen noch größer vor und ihre Augen – ihre Augen...

Als sie dicht vor ihm ist, hört er den Hund knurren.

Er blickt zu ihm herunter und fühlt, wie mit dem Blickwechsel alle Anspannung von ihm weicht.

Der Hund hat sich der Frau zugedreht und sieht sie an.

Das Tier ist nicht wirklich erregt, aber meint, seine Pflicht tun zu müssen.

Aus! sagt er und noch einmal: aus!

Er hört ihre Schritte, das Knirschen im Sand, das jetzt unmittelbar vor ihm ist.

Er blickt wieder auf und kann ganz kurz in ihre Augen sehen.

Dann ist sie vorbei.

Ist vorbei – aber für die Winzigkeit, für die buchstäbliche Winzigkeit eines Augenblicks hat er mitbekommen, daß auch sie ihn angesehen hat.

Angesehen –?

Er fragt in sich hinein.

Nein, denkt er dann. Nofretete...

Und fragt sich noch einmal: *wirklich* angesehen?

Er schüttelt den Kopf.

„Wen sieht die schon an", sagt er.

Und nach einer Pause, als der Hund zu ihm aufschaut und ihn mit schräg gelegtem Kopf ansieht: „Weißt du, wen ich meine?"

Und dann lächelt er und sagt: „Lauf!"

Er zeigt mit dem rechten ausgestreckten Arm zum Ufer.

Das große Tier rennt bellend los, schleudert mit seinen Tatzen Sand empor, dreht auf halbem Weg um, kommt zu ihm zurück und umspringt ihn.

Er nimmt den Leinenbeutel auf und geht langsam hinunter ans Wasser, das unter der auffrischenden Brise anfängt sich zu regen.

Der Weltmeister

Weit draußen, wo S. die Farbe der Segel mit bloßem Auge nicht mehr hat erkennen können, wo sie klein wie Rückenflossen als schwarze Dreiecke scheinbar das Wasser schnitten, hat *er* als erster die Zieltonne passiert.

S. hat den Arm ausgestreckt und über die Hand gepeilt. Zwischen dem ersten und dem zweiten ist eine Handbreit gewesen – den Daumen eingerechnet.

In Wirklichkeit war der Abstand zwischen ihnen zweihundert oder dreihundert Meter, vielleicht sogar vierhundert, das läßt sich auf eine so große Entfernung schwer einschätzen.

Sie haben Nordostwind heute.

Die Fahrer müssen so weit rausgehen, um aus Lee des Landes zu kommen. Draußen ist genügend Wind, und unter fünf Windstärken starten sie nicht oder brechen ein Rennen ab.

Dieser Lauf ist offensichtlich regulär gewesen, obwohl das für die Zuschauer kaum zu erkennen war. Die Dinge da draußen genauer zu verfolgen, ist selbst mit einem Fernglas nicht einfach.

S. hat eins.

Er hat im wesentlichen sehen können, wie das Rennen gelaufen ist.

Für alle, die es nicht mitbekamen, haben die Lautsprecher der Wettkampfleitung den Verlauf kommentiert.

Zum Schluß, als draußen noch viele auf der Strecke waren, haben sie gesagt, der erste Lauf sei also beendet und er habe das erwartete Ergebnis gebracht.

S. sieht zum Strand hinunter.

Unterhalb der Promenade, auf der er steht, liegen die Fahrerlager.

Sie sind mit rotweißen Flatterbändern, wie sie zur provisorischen Absperrung von Baustellen benutzt werden, umgrenzt. Es sind Hersteller von Brettern oder Segeln, die die Rennställe unterhalten, und über den rot-weißen Gevierten flattern die Fahnen von „Hi-Fly", „Neil Pryde", „Fanatic", „Mistral", „F 2" und „Gastra-Sails".

Sie haben da überall modernstes Material.

Segel, schmal und spitz hochlaufend, sämtlich durchgelattet, mit strömungsgünstigen Masttaschen, Gabelbäume, in der Länge verstellbar, profilierte Masten sogar und von allem reichlich.

Es läßt sich leicht erkennen, daß sie darauf aus sind, für die verschiedensten Wind- und Wetterbedingungen stets optimales Gerät zur Verfügung zu haben.

Unten am Wasser entsteht Bewegung.

Die Leute laufen von überall her los und treffen alle an einem Punkt zusammen.

Dann kommen sie herauf und mitten drin *er*.

S. sieht nur sein Segel, das er über den Kopf hält.

Es ist das violette Segel mit Rot in der Mitte. In Schwarz darüber die Buchstaben US und viermal eine römische Eins und in der Spitze des Segels das schwarze M für „Mistral".

Es ist ein dichter Pulk, der heraufkommt.

Er bewegt sich schnell. Von allen Seiten stoßen noch Leute dazu, und viele laufen auch gleich zum „Mistral"-Fahrerlager, um das herum sie sich aufstellen.

Der Pulk kommt heran.

Er erreicht das Lager, öffnet sich zu der leeren Fläche in der Mitte hin, das Segel bewegt sich weiter, in das Lager hinein und legt sich zu Boden.

Der Strand unten ist frei geworden.

S. sieht hinaus aufs Wasser.

Die Masse der Wettkämpfer hält weit auseinander gezogen aufs Land zu. Jeder kreuzt, wie er es für richtig hält. In der Gesamtheit wirkt es ungeordnet, aber sie haben alle dasselbe Ziel, und sie kommen schnell heran.

Er sieht, wie die nächsten anlegen.

Sie springen ins Wasser, ziehen das Segel herunter und waten bis ins Trockene. Oder sie fahren mit dem Brett bis dicht an den Strand, springen im letzten Moment herunter, kippen das Segel ab und ziehen Brett und Segel hinter sich her.

Sie kommen jetzt laufend.

Der Lautsprecher fordert sie auf, das „Auschecken" nicht zu vergessen, und alle gehen beim Rettungsschwimmerwagen auf halber Höhe des Strandes vorbei und melden sich zurück.

Das Feld ist groß, zusammen mit den fünfzehn Mädchen an die achtzig Starter. Die Wettkampfleitung will mit dem Zurückmelden die Kontrolle haben, daß keinem etwas zugestoßen ist und alle heil an Land gekommen sind.

Dann sind alle vom Wasser, auch die Mädchen.

Es wird bekannt gegeben, daß der zweite Lauf um 14.30 Uhr starten soll. Der Sprecher bittet die Leute, so lange zu warten, und erklärt noch einmal die Wettkampfregeln.

Sie fahren heute die Kursrennen.

In den nächsten Tagen, wenn sie vielleicht auflandigen Wind haben, werden sie noch den Slalomwettbewerb und das Wellenreiten durchführen. Das sind die drei Disziplinen eines Weltcup-Wettbewerbs, und natürlich brauchen sie Glück und den richtigen Wind, um alle absolvieren zu können.

S. springt von der Promenade.

Er hat ziemlich dicht bei einem Lautsprecher gestanden, es wird ihm zu laut.

Er geht zum „F 2"-Lager und dann zum „Hi-Fly"-Lager.

Das überlaute Dröhnen in seinen Ohren ist weg, aber richtig ruhig ist es nirgendwo. Sie haben überall Lautsprecher stehen, und der Ansager redet längere Zeit weiter.

Er erwähnt eine Menge Einzelheiten, die die Rennen betreffen oder allgemein mit dem Surfsport zu tun haben. Am Ende zählt er wieder alle Firmen auf, die diesen Weltcup finanzieren.

S. hört das bereits zum dritten Mal.

Er geht zum „Mistral"-Lager.

Die Leute stehen in mehreren Reihen dicht gedrängt um das Geviert, und er geht einmal darum herum.

Dann entdeckt er eine Lücke.

Er drängt sich hinein und sieht *ihn*.

Vielmehr er sieht jemanden, auf den alle starren und nun auch er.

S. kennt ihn von Zeitungsbildern und Filmen aus dem Fernsehen, die er vor einigen Jahren gesehen hat. Ihm unmittelbar gegenüber steht er zum ersten Mal.

Er hätte ihn nicht erkannt.

In den Filmen ist ein Junge von fünfzehn oder sechzehn Jahren zu sehen gewesen, mit langen Haaren und einer schmalen Figur, und der hier jetzt steht, ist ein Mann.

Ein junger Mann, aber sein Gesicht ist fertig und durchgebildet und sein Körper auch.

Er steht in der rechten Ecke des Gevierts, zur Promenade hin.

In der Größe, scheint es S., hat er kaum zugelegt. Er ist gut mittelgroß, seine Gestalt kräftig und in den Schultern recht breit.

Die blonden Haare trägt er jetzt kurz.

Das Gesicht hat sich am meisten verändert. Es zeigt Linien, die klar sind, ohne kantig zu sein, und es wirkt fest. Den Eindruck unterstreicht noch eine gewisse Unbewegtheit des Ausdrucks, der allerdings nicht unfreundlich oder abweisend ist. Es ist mehr eine Art Sammlung und Gefaßtheit erkennbar.

Vor ihm in der Ecke sitzen einige Männer in Alltagskleidung im Sand. Sie sehen zu ihm auf und sprechen mit ihm. Wenn er etwas sagt, fängt einer an zu schreiben. Auch wenn er redet und sogar wenn er lächelt, bleibt jener Grundausdruck von Ernst, aber er antwortet immer knapp und lächelt nur einmal kurz.

Die meiste Zeit sprechen die anderen, und er schaut irgendwohin. Auf die Fahnen, vor sich in den Sand oder zum Land hin, wo links das häßliche Hochhaus ist und weiter hinten der Fernmeldeturm mit den Parabolantennen.

S. sieht, daß er fröstelt.

Sein Anzug ist naß, natürlich, und an den Füßen ist er bloß.

Von außerhalb des Gevierts drängen Leute heran. Sie reichen ihm über das Flatterband hinweg etwas zu schreiben.

Er sieht kaum hin, greift danach, macht seinen Namenszug, reicht das Papier, die Zeitschrift oder das Buch zurück, hört die ganze Zeit den Leuten in der Ecke zu und sieht irgendwohin. Erst wenn die anderen sich bedanken, scheint es, daß er sich auf den Vorgang besinne. Es ist, als sehe er auf, lächle und nicke mit dem Kopf – beides auf eine kaum merkliche Weise.

Doch in der Art, wie er das tut, liegt nichts von Arroganz.

Es ist vor der Grenze, die eine Mißachtung des anderen bedeuten könnte, und es kommt S. vor, die Leute beurteilen das richtig und empfinden es so, wie es von ihm gemeint ist.

Sie sehen, daß er reagiert und höflich sein will, und respektieren, daß seine eigentliche Arbeit nicht darin besteht Autogramme zu schreiben und daß die Art, wie er es macht, für ihn die professionellste Methode darstellt, mit der Sache fertig zu werden.

Und im übrigen sind sie wohl einfach glücklich, eins bekommen zu haben.

Die Männer am Boden stehen auf.

Sie bedanken sich.

Er nickt auch ihnen zu und geht in die Mitte des Geviert.

Er nimmt eine Jacke in Blousonform auf und zieht sie sich an. Sie ist weit geschnitten und hat viele Taschen und Täschchen überall und sieht sehr funktional aus.

Er greift in eine der Taschen, holt Schokolade heraus und fängt an zu essen.

Er steht allein.

Insgesamt wirkt sein Gesicht wie eine überschaubar gegliederte, etwas spröde Landschaft, nicht unähnlich der Landschaft dieser Insel.

Er blickt wieder vor sich hin oder irgendwo in die Gegend, und wenn er aufs Meer sieht oder den Strand hinunter, dann ist zwischen ihm und dem, wo er hinschaut, stets dieser Wall von Menschen.

Sie stehen nur acht oder zehn Schritte von ihm entfernt.

Außer wenn er zu Boden blickt, muß er diese Menschenmauer um sich herum zur Kenntnis nehmen. S. sieht, wie er versucht über sie hinweg- oder durch sie hindurchzuschauen, doch offenbar gelingt es ihm nicht, sie nicht wahrzunehmen.

So richtig deutlich wird das nach dem Interview.

So kontrolliert und ruhig er nach außen auch wirkt, S. spürt, daß er irgendwie nicht frei ist und unter Spannung steht und daß das nichts mit dem Wettkampf zu tun hat.

Selbst wenn er in den Sand schaut, sind die Leute für ihn wohl keineswegs weg. Es ist ihm offenbar bewußt und kommt in seiner erzwungenen Haltung zum Ausdruck, daß sie alle nur seinetwegen hier stehen und allein ihn anstarren.

Ein anderer als er mag darauf mit Eitelkeit oder lächerlichen Attitüden reagiert haben. Für ihn ist es unübersehbar mehr eine Tatsache, mit der es ihm schwer fällt zu leben.

Ob es ihm nur einfach nicht gefällt oder lästig und vielleicht sogar peinlich ist, kann S. nicht erkennen. Was er sieht, ist, daß es für ihn ein Problem darstellt, mit dem er noch nicht fertig geworden ist.

Vorne beim Eingang zum Lager sind seine Mannschaftskameraden in Neopren- sowie zwei Betreuer in Trainingsanzügen beisammen. Sie sitzen oder liegen im Sand und unterhalten sich.

Sie lachen.

Er sieht kurz zu ihnen hinüber und setzt sich auch.

Er zieht die Beine an, legt die Arme um die Knie und sieht vor sich hin. Ab und zu faßt er in die Tasche mit der Schokolade und steckt sich ein Stück in den Mund.

In der letzten halben Stunde hat es aufgefrischt.

Der Wind kommt noch immer aus Nordost, aber die Bewölkung ist aufgerissen, und die Sonne scheint ab und an durch.

Er sieht nach oben, wo von Osten Flecken blauen Himmels heranziehen und dann wieder in den Sand.

Einer von den Betreuern steht auf und blickt zu ihm hin. Dabei nestelt er an seinem Trainingsanzug, als suche er etwas.

Dann geht er los und setzt sich neben ihn.

Er hat eine dunkle Haut und Haare, die glatt und schwarz sind.

Seinem Aussehen nach ist er ein Ureinwohner der Pazifikinseln, auf denen auch *er* zu Hause ist.

Die beiden sitzen nebeneinander und schweigen.

Nach einiger Zeit sagt er etwas zu dem Schwarzhaarigen. Kurz darauf stehen sie auf.

Sie nehmen eins von den Segeln mit seiner Kennung und gehen auf die Menschenmauer beim Ausgang des Gevierts zu.

Sie öffnet sich.

Die beiden gehen hindurch und weiter in Richtung zur Promenade hinauf.

Die Leute um das Lager herum sind plötzlich wieder in Bewegung und folgen den beiden.

S. geht nach rechts hinunter ans Wasser.

Im unteren Bereich des Strandes liegen überall Bretter und Segel auf dem Sand.

Es sind unterschiedlichste Fabrikate und Typen. Sie gehören den Fans, die bei einem Weltcup-Wettbewerb nicht nur als Zuschauer dabei sein, sondern auch mitfahren wollen.

Natürlich nicht in den offiziellen Rennen.

Immerhin aber haben sie die Möglichkeit, am selben Tag in demselben Revier zu surfen. Viele nutzen die Gelegenheit, ihren Vorbildern auf diese Weise nachzueifern und sind von überallher angereist.

Das Wasser läuft jetzt auf.

Eine knappe Meile draußen, fast parallel zum Ufer sieht S. einige orangerote Bojen, die den langen Raumschenkel abstecken. Rechts davon, außerhalb des Rennreviers ziehen die Fans ihre Bahnen.

Rechts ist auch die große, schwarzgelbe Schiffahrtstonne und dahinter die Wendeboje, auf die die Wettkämpfer nach dem Start als erste zuhalten. Die anderen Wendebojen, die weiter südlich und westlich den Kurs markieren, kann S. nicht sehen. Sie sind zu weit draußen.

Er bleibt stehen.

Einige Meter rechts von ihm zieht jemand ein anderes Segel auf. Es ist rot, sieht neu aus und ist kleiner als das, das er zuvor benutzt hat. Dieses liegt auf dem Sand. Er hat sein Brett daraufgelegt. Der Wind zerrt an dem Segel und reißt es an den Ecken hoch.

Der Surfer sieht kurz auf und arbeitet weiter.

Er arbeitet geschickt. Wie es aussieht, hat er einige Übung.

„Ist zu groß", sagt er dann, dreht dabei kurz den Kopf zu S. hin und arbeitet weiter.

Er ist vielleicht zwanzig.

Er hat einen schwarzen Neoprenanzug an mit einer roten Bolerojacke, ebenfalls aus Neopren, darüber.

S. geht näher heran.

„Das wird zuviel".

Der Junge sieht auf und nickt zu dem Segel unter dem Brett, und irgendwie nickt er auch in die Richtung, aus der der Wind kommt.

Er trimmt provisorisch das Vorliek.

„Haben Sie gesehen, was die für Lappen drauf haben?"

Er sieht wieder auf.

„Die haben ganz schöne Lappen drauf... bei so'm Wind, was!"

Er hat eine Zigarette zwischen den Lippen.

Sie ist vorne naß und ungleichmäßig abgebrannt.

„Ja, die –", sagt er noch. „Profis –!"

Und noch einmal: „Ja, die –"

Dann sieht für einen Moment aufs Meer.

Er kommt aus Osnabrück.

Und natürlich ist er gekommen, um *ihn* zu sehen und einmal neben *ihm* zu stehen.

Und natürlich hat er schon ein Autogramm von ihm.

„Junge, Junge", sagt er, „das is' vielleicht 'n feeling."

Er schüttelt den Kopf.

Sein Brett ist eins von den modernen „Pintail-Boards", die ein Spitzheck haben. Es ist ziemlich kurz, um die drei Meter vielleicht, hat kein Schwert und am Heck drei Finnen. Oben drauf, weit hinter der Mastschiene, in der sich das Rigg verschieben läßt, sind vier Fußschlaufen. Der Boden des Bretts hat ein Muster mit Karos, schwarz und weiß wie ein Schachbrett.

„Es geht gut", sagt er, „ja, ziemlich gut."

Vor zwei Jahren die Dinger, das sei noch nichts gewesen und die von noch früher waren schwimmende Badewannen – „wenn du weißt, was ich meine."

Dann ist er fertig.

Weiter oben, zur Promenade hin, wo der Sand trocken ist, fegt der Wind Sandfahnen über den Strand.

Er hat jetzt bestimmt sechs Beaufort.

In Böen ist er noch stärker, und offenbar sind es nur sie, die den Sand mitnehmen.

Die Leute da oben haben die Kapuzen ihrer Mäntel oder Jacken hochgeschlagen. Sie stehen mit dem Rücken gegen den Wind.

S. hört das Knattern der Fahnen bis hinunter zu sich am Ufer und sieht die Fahnenmasten sich biegen.

Der Junge aus Osnabrück ist im Wasser.

Er steht auf dem Brett und versucht an den Wind zu kommen.

Er hält schräg weg vom Land in nordwestliche Richtung, bewegt sich aber zu langsam.

S. sieht, daß er Schwierigkeiten hat.

Gerade als er glaubt, der Junge sei dennoch freigekommen, rollt die nächste Welle an und schmeißt ihn um.

Auch unter Land ist der Wind jetzt stark genug für einen Wasserstart, und der Surfer probiert es.

Er schwimmt und zieht den Gabelbaum über das Heck, dreht das Brett quer zum Wind und wieder in Richtung aufs Land. Dann läßt er das Segel umklappen, daß das Schothorn zum Heck zeigt, zieht den Mast nach Luv. Er hält ihn ein Stück oberhalb des Gabelbaums gefaßt und stemmt den Mast hoch.

Der Wind greift unter das Segel, und es kommt frei.

Der Junge zieht das Brett näher an sich heran. Dann greift er mit beiden Händen den Gabelbaum.

Der Wind versucht das Segel aufzurichten. Eine Böe faßt darunter, es kommt noch etwas höher.

Es ist jetzt soviel Druck unter dem Segel, daß es den Jungen trägt und er nicht weiter wassertreten muß. Er hängt am Gabelbaum und kontrolliert den Druck. Dann setzt er den linken Fuß auf das Brett, zieht das Heck an sich heran und holt das Segel dicht.

Das Brett kommt in Bewegung.

Er läßt das rechte Bein im Wasser, nimmt langsam Fahrt auf. Mit weiter zunehmendem Tempo zieht das Segel ihn ganz hoch.

Dann steht er.

Er macht sofort Fahrt und kommt schräg auf das Ufer zu. Wenn er nicht in die Brandungszone geraten will, muß er rasch halsen.

Er kippt das Rigg, das Schothorn kommt hoch. Gleichzeitig belastet er die Leekante des Bretts.

Es fällt stark ab und dreht unter dem Segel, bis das Heck durch den Wind ist. Schothorn voraus dreht es auf den neuen Kurs Richtung See.

Der Junge wechselt die Fußstellung. Er schiftet das Segel über den Bug, reißt das Rigg nach Luv und holt dicht.

Aber das Brett steht auf der Stelle, es kommt nicht in Fahrt.

Beim Drehen hatte der Surfer sehr stark das Heck belastet und allen Schwung verloren. Insgesamt hatte er das Manöver einfach nicht flüssig genug gemacht.

Er steht und fiert und holt wieder dicht... das Brett liegt fast parallel zu den Wellen.

Dann wirft der nächste Schwall ihn um, und das Segel fällt über ihn.

Er macht sich frei und kommt durch die Brandungs-
wellen zurück bis in knietiefes Wasser.
Offensichtlich will er jetzt den einfacheren Weg gehen.
Er dreht das Brett wieder in nordwestliche Richtung,
nimmt das Segel hoch und steigt auf.
Diesmal kommt er an den Wind.
Er legt sich zurück und schießt davon. Sein rotes Se-
gel ist im nu bei der schwarzgelben Tonne draußen.
Er fährt eigentlich nicht schlecht.
Weiter draußen kommt er auch mit den Manövern
besser zurecht. Gleich die erste Halse bei der Tonne
macht er gut.
Er zieht hin und her und ist, wie es aussieht, wirklich
kein Anfänger, doch bei manchen Manövern oder
auch Wellen schmeißt es ihn um.
S. sieht ihm zu.
Aus den Lautsprechern weht ein Gespräch herüber.
Mit *seiner* Stimme dabei.
Sie fragen ihn, wie er sich fühlt vor dem zweiten
Lauf, und er sagt, er sei in Ordnung. Dann wollen sie
wissen, was er von dem Revier und von Deutschland
überhaupt halte.
Das Wasser sei wie überall, sagt er, nur ein bißchen
kälter sei es in Deutschland.
Und wie es mit dem Wind sei?
Ja, mit dem Wind sei es genauso.
Und wie?
Der sei wie überall und hier auch ein bißchen kälter.
Seine Stimme klingt nicht so, wie man sie sich viel-
leicht vorstellen könnte, denkt S.

Es ist nichts Besonderes an ihr. Natürlich kann das auch an der Lautsprecheranlage liegen oder am Wind, der die Stimmen verweht.

Sie fragen ihn weiter, dies und jenes.

Was er sagt, entspricht genau dem, wie er es sagt und wie S. ihn erlebt hat.

Es ist knapp und kühl und gleichzeitig geduldig und in keiner Weise provokativ.

Er beantwortet solche Fragen überall in der Welt bestimmt zum tausendsten Mal oder öfter, doch das einzige, was er sich zu erlauben scheint, ist gelegentlich eine Andeutung von Ironie. Oder er bleibt auf eine Frage stumm und nickt dann wohl nur mit dem Kopf.

Zum Schluß fragt der Sprecher, was für ein Gefühl er habe, wenn er im Wettkampf gegen seine Freunde antreten müsse.

Einen Moment ist es still.

Was für Freunde? fragt er zurück.

Die Freunde aus seiner Mannschaft.

Das sind nicht meine Freunde, sagt er.

Und nach einer Pause, während welcher der Sprecher schweigt: Draußen auf dem Wasser habe er sowieso keine Freunde, da habe niemand Freunde.

Seine Stimme bleibt sich immer gleich.

Es ist wohl wie mit seinem Gesicht und man kann am Tonfall unmöglich heraushören, wie er etwas meint.

Der Sprecher lacht – ein Scherz, was sonst? Für ihn ist die Sache klar und die Situation im Sinne der Veranstalter und aller Sponsoren gerettet. Er bedankt sich und wünscht ihm Glück für den Lauf um 14.30 Uhr.

Doch nichts geschieht.

Kurz vor halb drei geben sie durch, daß das Rennen auf 15.00 Uhr verschoben ist.

Dann kommt der Startaufruf.

S. geht hinauf zum „Mistral"-Fahrerlager.

Er ist wieder im Geviert und hat seine Jacke noch an. Er steht nahe bei seinem Brett, das in einem Futteral steckt.

Unten am Wasser ziehen Männer in gelben Signalwesten die drei Schlauchboote vom Sand. Sie springen hinein und fahren hinaus auf ihre Positionen.

Der nächste Aufruf kommt – noch eine Viertelstunde.

Er legt die Jacke ab und springt einige Male aus dem Stand in die Höhe. Dann zieht er das Brett aus dem Futteral.

Es ist gelborange und ein Regattabrett und länger und breiter als ein Pintail-Board. Es hat ein Schwert, das voll versenkbar ist und nur eine Finne und hinten einige Fußschlaufen. Vorne schräg drauf steht sein Name.

Welches Segel? fragt er.

Fünfsechs, antwortet einer.

Er geht zu einem Segel, das seine Kennung hat, richtet es auf, stellt es an den Wind, betrachtet es aufmerksam. Er ruckt am Gabelbaum, dreht es, ruckt erneut und läßt es nieder. Er spannt den Vorliekstrecker nach, hält es noch einmal an den Wind, ruckt stärker.

Dann legt er es weg.

Er nimmt ein anderes auf, hält es an den Wind, ruckt, nickt, legt es ab.

Dann faßt er das Brett mit beiden Händen, schwingt es über den Kopf und geht, wieder eingekeilt in den Troß der Leute, hinunter zum Wasser.

Einer von den Betreuern nimmt das zweite Segel auf und folgt.

Am Wasser kniet er sich nieder.

Mit dem Mittelfinger der rechten Hand fährt er in den Mast, wischt Sand heraus und steckt den Mast auf den Mastfuß am Brett.

Er richtet das Segel auf, hält es wieder an den Wind.

Er ruckt daran, dreht es, ruckt erneut, läßt es herunter, hantiert an der Trimmschot, schiebt das Brett ins Wasser, nimmt das Segel hoch, steigt auf und fährt los.

Er fährt ein paar Meter, macht eine Wende, fährt parallel zum Ufer fünfzig Meter südlich, hält aufs Land zu, springt wieder ab, zieht das Brett am Segel nach, gibt es jemandem zu halten, läuft hinauf zum „Einchecken" – nur eben so, daß der im Wagen ihn sieht.

Dreißig Meter davor macht er kehrt, läuft zum Brett zurück, zieht es ins Wasser, dreht es, steigt auf, fährt langsam los, ist dann voll am Wind und ist weg.

Die meisten anderen sind bereits draußen.

Sie waren hinausgegangen, weit auseinander gezogen, kreuzten auf, und ihre Segel wurden immer kleiner und kommen jetzt dichter zusammen.

Bei der Stange am Rettungsschwimmerwagen ziehen sie die rote Flagge hoch.

Noch sechs Minuten.

Draußen kreisen sie schon fast alle im engeren Bereich des Startraums, wobei das Gewimmel einzelner Bewegungen noch gut zu unterscheiden ist.

Dann die gelbe Flagge – drei Minuten.

Das Hin und Her der Segel verdichtet sich.

Die einzelnen Bewegungen gehen zunehmend darin auf und werden zu einem Punkt, der dunkel zusammengedrängt auf der Stelle steht.

Die grüne Flagge – Start!

S. sieht den Blitz der Leuchtpatrone über dem Wasser und gleich darauf das Explosionswölkchen. Der Rauch steht noch einen Moment in der Luft... ist dann weg.

Zu hören ist nichts.

Er sieht hinaus, ob es ein zweites Mal blitzt.

Die Wettkampfleitung hat mit den Booten draußen über Sprechfunk Verbindung. Sie gibt bekannt, daß der Start geglückt ist. Einige sind zu früh losgegangen, aber es war kein Massenfrühstart, den sie hätten zurückschießen müssen.

Das Feld ist auf der ersten Kreuz.

Zunächst ist nichts weiter zu erkennen.

Der Pulk bleibt dicht zusammen. Nur allmählich merkt man, daß er sich überhaupt bewegt. Er hält auf die Luvboje zu.

Alle Segel sind nördlich, nach rechts hinübergegangen, und die Bewegung des Pulks erkennt man hauptsächlich daran, daß zwischen ihm und einigen Segeln, die am Start stehen geblieben sind, ein Abstand entsteht.

Die Mädchen werden nämlich drei Minuten später gestartet Als die Lücke zwischen ihnen und dem Hauptfeld schon deutlich größer ist, blitzt es erneut, und sie ziehen auch los.

Solange das Feld auf der Startkreuz ist, kann S. nicht erkennen, wer vorne ist und ob überhaupt jemand führt.

Noch kurz vor der Luvboje sieht es aus, als lägen sie alle dicht zusammen.

Dann halsen die ersten um die Boje herum auf den Raumschenkel. Sofort zeigt sich, daß der Eindruck getäuscht hat.

Der erste, der herumkommt, ist ein Schwede. Er hat ein gelbes Segel.

Dann halst der zweite.

Als dritter *er* – auf dem Brett unter dem violetten Segel mit Rot darin. Sein Manöver ist so perfekt, daß er dem Schweden auf einen Schlag bestimmt zwanzig Meter abnimmt.

Aber dessen Vorsprung ist groß, erstaunlich groß. Und jetzt, vor dem Wind, sieht es aus, als würde er ihn noch ausbauen.

Nach und nach schwenken alle um die Luvboje herum.

Wie an einer Schnur aufgezogen, mit verschiedensten Abständen zwischen den einzelnen Segeln laufen sie fast parallel zum Strand nach Süden.

Rechts drehen noch immer welche um die Boje, während der Schwede schon bald die Hälfte des Schenkels hinter sich gebracht hat. Zwischen ihm und den letzten sind bereits einige hundert Meter Abstand, und danach kommen erst noch die Mädchen.

Der Schwede ist an der nächsten Boje.

Von da geht es auf die Slalomstrecke.

Er halst.

Das Segel schwingt herum – kippt weg.

Es liegt flach auf dem Wasser und ist kaum zu erkennen.

Dann kommt es hoch und hat wieder Fahrt, doch es hat etwas gedauert.

Der zweite geht herum und gleich danach *er*. Beim Manöver hat er erneut Boden gutgemacht.

Die ersten drei sind auf dem Slalomkurs.

Es geht einige hundert Meter nordwestlich hinauf, dann südlich herunter, mehr westlich hinaus und wieder weit südlich herunter. Sie müssen ständig kreuzen, bei jeder Richtungsänderung halsen, und auf diesem schwierigsten Teil des Kurses zeigt sich besonders, wer technisch am besten ist.

Den zweiten, der ein Mannschaftskamerad von ihm ist, packt er noch auf dem ersten Teilstück.

Dann wirft es den Schweden erneut.

Es ist noch vor der zweiten Halse, doch da sitzt er ihm schon dicht im Nacken. Ehe der Schwede wieder hochkommt, ist er an ihm vorbei.

Sein Vorsprung wird im nu größer und an jeder Halse noch größer.

Er geht auf die Zielkreuz und hat eine Führung herausgearbeitet, die ganz deutlich ist. Er hält nach West-Nordwest hinaus.

Sein Segel wird kleiner und kleiner und hat schon lange keine Farbe mehr. Der Schwede wird auch noch vom Nächstfolgenden überholt, und in dieser Reihenfolge passieren sie die Zieltonne und gehen in die zweite Runde.

Ja, sie müssen den Kurs zweimal absolvieren.

S. sieht hinaus und ist wie beim ersten Lauf überrascht. Solche Leistungsunterschiede hatte er nicht erwartet.

Es sind schließlich die Weltbesten dieses Sports, die bei einem Weltcup am Start sind.

Nach der ersten Runde sind sie auf zweitausend Meter auseinander gezogen, und auch der neue Olympiasieger fährt nur irgendwo weit abgeschlagen im Feld mit.

Diesmal kreuzen sie in langer Linie auf die Luvtonne zu.

Vorne dran und weit voraus das violette Segel.

Der Sprecher hört auf zu kommentieren. Er nennt wieder die Firmennamen der Sponsoren.

Die Spannung ist raus.

Das violette Segel geht um die Luvtonne herum. Danach kommt das gelbe Segel des Schweden. Dritter ist jetzt ein Franzose.

Dessen Segel ist grün und gelb und rot.

Es kommt auf den Raumschenkel und macht eine ungeheuer schnelle Fahrt. Das Segel muß für die Windverhältnisse da draußen sehr groß sein. Es schießt auf den Schweden zu, geht an ihm vorbei und läßt ihn hinter sich.

Das violette Segel ist an der Wendeboje zum Slalomkurs. Es dreht, kippt weg – das grün-gelb-rote Segel saust weiter über das Wasser.

Aber *sein* Wasserstart ist so perfekt wie seine Halsen und Wenden und seine ganze andere Technik.

Das violette Segel kommt sofort hoch, ist am Wind, hat Fahrt.

Der Franzose kommt gut herum.

Er muß wirklich ein gewaltiges Segel aufgezogen haben, will es jetzt offensichtlich wissen und geht volles Risiko.

Er greift an, er kommt näher.

Dann schmeißt es ihn. Noch vor der nächsten Halse.

Er kommt hoch... es schmeißt ihn erneut.

Sein Segel ist einfach zu groß.

Da draußen ist sieben und mehr. So wie er zuletzt unterwegs war und bei schwindenden Kräften wohl auch, kann er die Fahrt einfach nicht mehr kontrollieren.

Es schmeißt ihn noch einmal und dauert etwas, bis er hochkommt.

Das gelbe Segel überholt währenddem und nimmt wieder die zweite Position.

Dann geht *er* durchs Ziel.

Zum zweiten, dem Schweden, ist erneut gut eine Handbreit Abstand.

Von irgendwo draußen kommt das Boot mit den Presseleuten angebraust.

Es ist ein größeres, offenes Boot mit hauptsächlich Fotografen darin. Sie haben Kameras umhängen, die schwarz und chromblank glänzen. Mit ihren langen Rohren daran sehen sie aus wie Waffen.

Und am Strand stehen die Kameras des Fernsehens.

Sie warten... alle warten.

Und *er* kommt.

Aus dem Boot heraus schreien sie in seine Richtung, gestikulieren und winken.

Er hält auf sie zu.

Er nimmt das Segel aus dem Wind.

Sie richten ihre Apparate auf ihn und schreien weiter.

Er steht einfach da.

Er posiert nicht.

Soweit S. erkennen kann, lächelt er auch nicht.

Dann hören sie auf zu schreien.

Das Boot legt sich herum.

Es macht eine scharfe Wendung und röhrt nach Süden weg.

Er fährt noch fünfzig Meter nördlich und kommt an Land.

Die Leute rennen zu ihm hin.

Sie klatschen.

Er sieht nicht auf und dankt nicht.

Er packt das Brett mit der rechten Hand an einer Schlaufe, mit der linken faßt er den Mast. Er hebt beides hoch, das Segel bis über den Kopf, und zieht los.

Er läuft fast.

Es sieht aus, als flüchte er und wolle sich vor den Leuten in Sicherheit bringen.

Aber sie laufen mit. Bis hinauf zum Lager.

Von allen Seiten umgeben sie ihn und sind dicht an ihm dran – kaum, daß sie ihm eine Gasse ins Lager hinein lassen. Er legt das Brett auf das Futteral. Jetzt klatschen die, die ihn oben erwartet haben.

Er reagiert wieder nicht.

Kein Lächeln, keine Andeutung eines Dankes, nichts.

Er zieht den Mast vom Mastfuß und legt das Segel auf den Stapel zu den anderen.

Er ist allein im Geviert.

Und er tut die kleinen Dinge, die er hier jetzt tun kann... und so bleibt ihm eine kurze Spanne Zeit.

Er beugt sich vor.

Er schüttelt Kopf und Haare... Wassertropfen fliegen um ihn her.

Er richtet sich auf.

Er fährt sich mit beiden Händen durch die Haare und schüttelt sie erneut.

Sie sind dicht und kräftig, und man sieht ihnen nicht an, daß sie naß sind.

Er zieht die offizielle Wettkampfweste aus und legt sie auf die Segel.

Er trägt *keinen* Trapezgurt.

S. sieht keinen.

Er schaut ihn sich genau an und will es nicht glauben.

Da draußen, diese ganze Strecke ohne Trapez, nur aus der Kraft der Arme und des Oberkörpers heraus zu fahren, ist allerschwerste Arbeit, dennoch ist ihm keinerlei Anstrengung anzumerken.

Es ist nur wieder diese Verspannung in ihm, wie vorher, als er im Lager war, und noch stärker jetzt sogar.

Er zieht seine Jacke an.

Danach steht er.

Ganz allein.

Er steht, und es gibt nichts, was er noch tun könnte.

Es muß schrecklich für ihn sein.

Die Leute haben sich um ihn herum aufgebaut.

Von allen vier Seiten umschließen sie ihn und verfolgen jede seiner Bewegungen.

Sie fotografieren und filmen ihn.

Sie schweigen.

Nur das Knattern der Fahnen und das Geräusch des Windes sind zu hören – kein einziges Wort.

Sie starren und schweigen.

Er versucht sich keine Blöße zu geben.

Er ist wirklich diszipliniert.

Er tut einfach, als wären sie nicht da, aber er ist steif und hölzern.

Seiner Veranlagung nach ist er wahrscheinlich nicht zynisch genug, sie wirklich nicht mehr wahrzunehmen. Und das, obwohl er den Rummel um sich seit seiner Jugend kennt.

Er tut S. leid.

Das hier verletzt ihn.

Man sieht es ganz deutlich.

Die Aufdringlichkeit und allgegenwärtige Nähe der Menschen um ihn herum verletzen ihn.

Sie begaffen ihn wie eine zoologische Rarität oder irgendwie geartete Monstrosität, und ihm fehlt offensichtlich die Oberflächlichkeit, in irgendeiner Weise darauf einzugehen und den Rummel mitzumachen.

Er ist gleichsam schutzlos in seiner Beschaffenheit und ihnen preisgegeben.

Jemand mit einer Zeitschrift geht zögernd einige Schritte in das Geviert und will ein Autogramm.

Er merkt es nicht.

Schließlich schüttelt er den Kopf.

Der andere scheint etwas sagen zu wollen. Er hebt erklärend die Zeitschrift. Dann versteht er und geht wieder hinaus.

S. erinnert sich, wie er vorher Autogramme gegeben hatte. Es wäre leicht für ihn gewesen, auch jetzt seinen Namen zu schreiben.

Sogar leichter, als es zu verweigern.

Andere würden nachkommen, sich bedanken und mit ihm sprechen, und diese strenge, unmenschliche Isolation inmitten der vielen Menschen wäre erträglich, gemildert durch die Ablenkung einer Beschäftigung.

Aber er ist ehrlich, sich selbst und den Leuten gegenüber.

Vielleicht will er ihnen zeigen, daß er sich, so schwer es auch sein mag, gegen sie behaupten muß. Ohne Unmut, ohne Gereiztheit, einfach aus einer Art Notwehr heraus.

Und die Leute fangen an zu begreifen.

Sie spüren, daß seine Verweigerung nichts mit Überheblichkeit zu tun hat.

Er läßt sie nur auf dieselbe Art mit sich allein wie sie ihn.

Und *sie* sind es schließlich gewesen, die gleichsam Gitter aufgebaut haben zwischen sich und ihm und der Welt draußen und ihm.

Er tut jetzt nichts weiter, als sie auf ihrer Seite des Gitters zu belassen.

Sie begreifen das allmählich, S. zumindest begreift es.

Nein, nicht nur er.

Wenn er in die Gesichter der Leute schaut, merkt er, daß er nicht allein damit ist.

Und gerade weil sie schweigen, weiter beharrlich und auch irgendwie betroffen bereits schweigen, wird ihnen ihre ganze Unbarmherzigkeit bewußt. Auf eine

Weise, daß ihr Schweigen anfängt auch ihnen weh zu tun.

Sie haben ihn in die Enge getrieben.

Jetzt fühlen sie sich selbst gefangen in dieser Situation. Ihnen ist unbehaglich, und sie wissen, daß sie allein schuld daran sind.

Und sie spüren seine Verletzlichkeit.

Bestimmt nicht alle, doch die, die sie spüren, haben Sympathie für ihn.

In seiner Art zu fahren, zeigt er fast übermenschliche Fähigkeiten. Er fährt ästhetisch und schön, wie es schöner nicht geht.

Auf der ganzen Welt gibt es keinen Menschen, der schöner fährt und gleichzeitig so effizient. Er fährt vollkommen in einer Art Schönheit, wie sie diesem Sport ganz angemessen ist.

Und die Effizienz, mit der er fährt, ist wirklich übermenschlich in ihrer Geradlinigkeit, Perfektion und Überlegenheit den anderen gegenüber.

Es gibt keinen Sport, bei dem jemand so dominiert.

Er ist eine Ausnahmeerscheinung nicht nur auf seinem Gebiet, sondern im Sport überhaupt.

Er ist groß, wirklich groß.

Und nun sehen die Leute ihn in seiner Gefangenheit.

In den Zwängen einer Situation, die letztendlich dem Status seiner Berühmtheit zuzuschreiben ist – und selbstverständlich auch ihnen, die diesen Status ja zelebrieren.

Sie erleben ihn nicht als das Idol, das er für sie ist. Sie sehen den, der er dahinter ist, und erkennen, daß er offensichtlich gar kein Idol sein will und dem üblichen Sinn des Begriffs nach nicht einmal eins sein kann.

Und ihnen wird deutlich, daß er ein Mensch ist, nicht weniger und auch nicht mehr, und daß sein Erfolg nichts Übermenschliches ist, sondern das Ergebnis von Disziplin, Konzentration sowie körperlicher und geistiger Fitneß und natürlich auch dem, was man gemeinhin Talent nennt, welches oftmals nichts anderes ist als die Summe des Vorherigen und auch – *Begeisterung.*

Sie spüren das, einige spüren es gewiß, und sie haben Sympathie für ihn, nicht mehr nur diese blinde Anbetung.

Und die es spüren, fangen plötzlich wieder an zu klatschen. Sie lösen sich aus der Mauer um ihn herum und gehen.

S. geht auch.

Über die Lautsprecher geben sie durch, die Wettkampfleitung werde entscheiden, ob heute noch ein dritter Lauf gefahren wird. Die Entscheidung komme bald.

S. geht hinunter ans Wasser.

Der Wind kommt jetzt mehr aus nördlicher Richtung.

Er ist unverändert stark und gut. Von daher müßten sie noch einen Lauf machen, denn niemand weiß, wie es morgen sein wird.

Natürlich ist später die Sonne weg. Es wird noch kälter sein, doch danach können sie nicht fragen. Sie haben es mit Profis zu tun, die müssen ihr Programm durchziehen.

Die Männer von den Schlauchbooten kommen ans Wasser und machen sie klar. Sie wollen hinaus, um die Boje für die Startkreuz etwas mehr nördlich zu verlegen.

Dann kommt der Aufruf für 17.00 Uhr.

Niemand, auch S. nicht, zweifelt, daß er den dritten Lauf ebenfalls gewinnen wird.

Er ist der Weltmeister.

Der Philosoph

Die drei sitzen am Kliff auf der Bank.

An einer Stelle, wo der Kliffweg über fünfzig oder sechzig Schritt einen kleinen Hügel hinaufführt, auf dessen Kuppe, von Osten her, der Weg durch die Dünen vom Parkplatz herüberkommt, den Kliffweg kreuzt und am Kliff schräg hinunter zum Strand führt.

Die Bank ist genau am Beginn der kleinen Steigung.

Sie steht so, daß die Leute, die auf ihr sitzen, nach Westen aufs offene Meer hinaussehen können und den Strand entlang nach Süden und Norden.

Ja, sie haben eine wunderbare Aussicht von hier.

Besonders an klaren Tagen und wenn die Sonne noch im Osten steht und das Meer im scharfen Kontrast weiß aufsteilender Schaumkronen und dunkler Wellentäler fast bis zum Horizont hin ausleuchtet.

Aber jetzt ist Nachmittag, später Nachmittag.

Die Sonne liegt draußen über dem Wasser.

Sie macht es silbern glitzern und blendet ihn, wenn er hinausschaut.

S. kommt von Süden.

Er sieht die Bank und die Leute darauf und hinter der flachen Rundung des Hügels, gleich jenseits des Dünenwegs, den oberen Teil der blau-weißen Toilettenhäuschen auf der Holzplattform – er sieht das alles, doch eigentlich hat er nur kurz aufgeschaut und den Weg entlang gesehen und nichts recht wahrgenommen.

Er schaut wieder vor sich auf den Weg.

Es gibt Steine im Sand.

Es sind Schottersteinchen, die irgendwann einmal zur Wegbefestigung angefahren worden sind.

Über die meisten ist Sand geweht, aber sie sind schmerzhaft spitz, wenn er auf eines tritt, denn er geht barfuß. Darum tut er auch gut daran, auf Glasscherben achtzugeben.

Er geht und weicht einzelnen Steinchen, die er im Sand erkennt, aus.

Er fragt sich, wie weit er noch gehen will.

Er ist seit einer guten Stunde unterwegs und darf natürlich den Rückweg nicht vergessen.

Er sieht wieder auf und folgt mit den Augen dem weiteren Verlauf des Kliffwegs am Saum der Dünen entlang.

Es geht gerade nach Norden.

Jenseits des Hügels ist eine Senke, die er nicht einsehen kann, dahinter steigt es erneut leicht an.

Sein Blick kommt zurück.

Er fällt auf die Toilettenhäuschen und verweilt einen Moment.

Auf dem Dünenweg davor kommen von rechts herüber ein Mann und eine Frau mit zwei Kindern, und die drei auf der Bank sind zwei Männer und eine Frau.

S. sieht wieder auf den Weg.

Er ist unschlüssig und geht langsamer.

An die Leute denkt er nicht.

Er hat sie zwar gesehen, aber erneut nicht eigentlich bewußt gesehen, und es gibt auch keinerlei Grund dazu.

In ihrem Äußeren oder Verhalten ist nichts, das ihn dazu veranlassen könnte.

Im Darüberhinsehen hat er mitbekommen, daß die drei auf der Bank ältere Menschen sind.

Die Frau sitzt links und die beiden Männer rechts neben ihr. Sie nehmen die ganze Breite der Bank in Anspruch und halten Abstand zwischen sich.

Er wird noch ein Stück weit gehen, denkt er... eine halbe Stunde vielleicht.

Und er sieht wieder auf den Weg und geht schneller und ist dann fast auf Höhe der Bank.

Sie steht rechts des Weges, einige Meter entfernt.

Plötzlich hört er, daß einer der Männer spricht.

Er spricht laut, zu laut eigentlich, so laut, als müsse er weitere Zuhörer irgendwo etwas entfernt mit seiner Stimme erreichen.

„Vor zwei Jahren bin ich auch hier gewesen."

S. sieht auf den Weg und weiß nicht, wer von den beiden spricht und ob er vorher auch schon gesprochen hat, und es ist eigentlich nur die zu laute Stimme, die ihn aufmerken läßt.

„Es war aber später, im November."

„Ja?"

„Da hab ich die Sturmflut mitgekriegt!"

„So."

„Vor zwei Jahren die!"

„Vor zwei Jahren?" fragt der andere.

Nach der Richtung, aus der die Stimme des zweiten Mannes kommt, kann es der in der Mitte gewesen sein, der zuerst gesprochen hat.

„Vor zwei Jahren die!"

„Aha."

„Was glauben Sie, was da hier los war!"

Dann ist eine Pause, eine kleine Pause.

„Ich sage Ihnen, wir sind verkleidete Sandkörner!"

S. ist an den Leuten auf der Bank vorbei und denkt: schön...

Aber er geht weiter und sieht sich nicht um.

Schön, ja.

Die Frau sagt: „Ja, ja."

Sie spricht leise. Er hat sie kaum verstehen können.

Verkleidete Sandkörner, schön.

Er geht den Hügel hinauf, bleibt einen Moment stehen und sieht den Weg entlang, der aus den Dünen kommt.

Dann geht er auf die Toilettenhäuschen zu.

Schön – aber es ist nicht wahr, was du sagst.

Er geht die Treppe zur Plattform hinauf und öffnet eine Tür, auf der das Symbol eines Mannes ist. Sie hat innen eine Sperrkette. Er geht hinein und schließt die Tür.

Er ist in einer kleinen Kabine aus Polyestermaterial.

Sie hat kein Fenster, das Licht kommt von oben durch ein Kuppeldach aus durchsichtigem Plexiglas.

Links an der Wand ist ein Spiegel und darunter eine Ablage, wie man sie in Badezimmern findet. Ihre Halterungen haben sich gelöst und sie hängt schief an der Wand.

Irgendwo im Raum summt eine Fliege.

Gegenüber von der Tür ist das Becken. Die Wand darum herum hat einen rechteckigen, blau-blassen

Schutzanstrich und unter dem Becken ist es naß vom Urin der Leute, die danebengepißt haben.

Es ist warm in der Kabine.

Der Geruch von Harn und grasgrünen Desinfektionswürfeln im Becken hat sich zu einer süßlichen, leicht in der Nase stechenden Mischung von chemischen Substanzen und nicht aufzuhaltender organischer Zersetzung durch wuchernde Keime verdichtet.

Die Fliege hört er nicht mehr.

Er stellt sich vor das Becken und versucht Abstand zu halten.

Es ist ihm egal, ob am Ende etwas danebengeht, aber in die Pisse will er sich mit seinen bloßen Füßen nicht stellen.

Er sieht sich um.

Das Insekt ist eine Schmeißfliege.

Sie ist dick und schwarz und sitzt links von ihm, unten an der Wand.

Seine Stimme, denkt er, die Stimme –

Nein.

Dann ist er fertig.

Er tritt etwas zurück und sieht über die Schulter in den Spiegel.

Die Fliege brummt um seine Beine herum.

Er sieht sich selbst den Kopf schütteln: nein...

Er blickt das Gesicht mit den vom Wind wirren Haaren darüber im Spiegel an.

Im milchig-trüben Plexiglaslicht, von den Wänden der engen Kabine blau-weiß umschlossen, starrt es fremd zu ihm hin. Er hat ein Gefühl von träger Schläfrigkeit und Schwere, daß ihm für einen Moment sein Bild vor den Augen verschwimmt und ihm erspart bleibt, vor seiner eigenen Fremdheit sich zu heftig zu erschrecken.

Die Luft, denkt er, mein Gott, diese Luft...

Er löst die Kette und stößt die Tür auf.

Sie schwingt bis zum Anschlag, schlägt zurück, und er fängt sie auf, bleibt kurz stehen und atmet die frische Luft.

Er dreht sich etwas und blickt in die Kabine.

Die Fliege hat sich am Rand der Urinpfütze niedergelassen.

Im hellen Tageslicht schimmert sie grünlich blau. Er fragt sich, ob sie wohl ihre Eier an der Pisse ablegen wird und ob bald Maden darin herumkriechen werden.

„Los, hau ab", sagt er.

Er tritt mit dem rechten Fuß nach ihr. Sie brummt hoch – ein böses, aggressives Brummen jetzt. Brummt in der Kabine umher – oben, unten, schnell und ohne daß er sie sieht... schlägt dann gegen die Kuppel oben.

Er hört das sirrende Geräusch ihrer Flügel an der Kuppel, wie es daran hin- und herwandert, wieder kurz in dies aggressive Brummen übergeht und erneut gegen die Kuppel schlägt.

Er schließt die Tür.

Er geht die Treppe hinunter zum Wasserhahn.

Die Wasserleitung ist mit Schellen an einem Pfahl befestigt und kommt senkrecht zwischen einigen Zementplatten aus dem Sand heraus.

Er beugt sich vor und dreht an dem Hahn. Er spült die Hände und sein Gesicht ab.

Das Wasser ist anfangs warm und wird dann kalt, herrlich kalt. Er kann fühlen, wie das Wasser und der Wind seine Haut kalt machen und spannen.

Er richtet sich auf und atmet durch.

Eine Sturmflut, denkt er. Die vor zwei Jahren.

Er hält seine Füße unter den Wasserstrahl, dreht den Hahn dann zu und geht auf die Kuppe des Hügels und sieht hinunter zur Bank.

Die alten Leute sind aufgestanden.

Sie gehen in die Richtung, aus der er gekommen ist.

Ein Mann mit der Frau neben sich vorweg und der andere Mann hinterher.

Wo der Mann geht, der auf der Bank in der Mitte gesessen und das Wort geführt hat, weiß er nicht.

Er hat ja nicht weiter auf die drei geachtet.

Er sieht ihnen nach.

Der Mann neben der Frau fuchtelt mit den Armen.

Er holt weit aus und gestikuliert – mit einem effekthaschenden, übertriebenen Gestus, aus dem dieselbe aufdringliche, schulterklopfende Wichtigtuerei und Unbetroffenheit spricht wie vorher aus dieser zu lauten Stimme.

S. sieht ihnen weiter nach.

Sandkörner, denkt er, verkleidete Sandkörner, ja, schön.

Aber auf die Art, wie du das sagst, ist es nicht wahr.

Der Hafen

Er unterfaßt die Schnur mit dem Zeigefinger.

Zum Schwungholen macht er mit dem Oberkörper eine Vierteldrehung nach rechts. Gleichzeitig holt er mit der Rute nach hinten aus und wirft.

Die Schnur läuft ab.

Der Wind faßt unter, sie streckt sich, lang und länger, und das Blei fliegt weit. So weit, daß er nicht hört und sieht, wo es ins Wasser fällt.

Er verfolgt die Richtung, die die Schnur nimmt.

Er hat nach links hinausgeworfen.

Er kurbelt einige Male und strafft die Schnur.

Dann holt er etwas ein.

Bei auflaufendem Wasser ist auf dem Grund eine Strömung, die stark nach Süden geht. Sie ist so stark, daß sie das Grundblei mitnimmt.

Er hält die Schnur stramm und sieht, wie sie nach und nach zusammen mit dem Blei von der Strömung versetzt wird. Ja, er muß aufpassen, daß das Blei nicht zu weit wegdriftet.

Jenseits der Einfahrt, zu Füßen der Mole ist unreiner Grund.

Er hat schon zwei Hänger gehabt, und beide Male ist er nicht freigekommen und hat die Haken und das Blei verloren.

Er holt erneut ein.

Das Blei ist doch etwas zu weit gedriftet.

Er kurbelt schnell und ruckt mit der Rute.

Das Blei springt aus dem Wasser und hat viel Schwung. Es pendelt an der Schnur hin und her.

Er hält mit der Rute dagegen und kurbelt weiter ein.

Hinter ihm ertönt ein Schiffshorn – einmal und kurz.

Er schaut über die Schulter.

Der von Westen kommende Wind fährt ihm ins Gesicht.

Er überlegt, ob ihm genug Zeit bleibt.

Die „Palucca" hat abgelegt. Sie ist dabei zu drehen. Es kommt ihm vor, als sei sie zu groß für dieses Hafenbecken, aber in Wirklichkeit paßt sie gut hinein.

Er wirft wieder aus.

Er läßt das Blei driften, bis es in den Bereich der Einfahrt kommt, und holt ein.

Die „Palucca" kommt heraus. In der schmalen Einfahrt wirkt sie noch größer als im Hafen.

Die meisten Passagiere sitzen auf den Bänken an Deck. Sie sind fast auf derselben Höhe wie er auf der Mole. Sie haben sich wetterfest angezogen und blicken nach draußen aufs Wasser. Einige winken zum Land zurück.

Die „Palucca" ist jetzt durch die Einfahrt hindurch und nimmt Fahrt auf. Sie schwenkt nach Nordosten ein und wird schnell kleiner.

Er sieht ihr nach.

Vor seinen Augen pendelt das System.

Die Böen drücken dagegen, im An- und Abschwellen des Windes schwingt es hin und her.

Er versucht es zu fassen und greift einige Male ins Leere. Er stellt die Rute fast senkrecht hoch.

Das System schwingt auf ihn zu und er faßt das Blei.

Es ist ein flaches Sechzig-Gramm-Blei. Es gehört zu einem Paternoster-System mit zwei Haken und ist unten am Vorfach befestigt.

Er besieht die Köder und zupft ihre Reste von den Haken.

Er geht einige Schritte zu der giftgrünen Bude am Ende der Mole, in deren Windschatten er seine Sachen abgelegt hat. Er bückt sich und nimmt die Blechdose hoch. Er hält sie schräg und schüttelt dabei und sucht nach einem guten Wurm.

Eigentlich sind alle gut, und alle sind frisch.

Er hat sie vor ein paar Stunden im trocken gefallenen Schlick südlich des Hafens bei Niedrigwasser gegraben.

Allerdings hat die Forke einige Wattwürmer verletzt. Er sucht einen aus, der unverletzt und in guter Verfassung ist.

Er klemmt die Rute unter den linken Arm und faßt den oberen Haken. Er drückt den Wurm seitlich gegen die Spitze des Hakens.

Sie dringt in den Wurm ein, durchsticht ihn und kommt auf der anderen Seite wieder heraus.

Er zieht ihn über den Widerhaken, die Rundung des Hakens entlang und ein Stück den Schenkel hinauf. Er hat ihn oben im dickeren Teil, der weich ist, quer gehakt.

Er hakt ihn noch zweimal. Jedesmal tritt Körperflüssigkeit aus dem Wurm aus. Sie ist gelblich und klebrig, und beim ersten Durchstechen kommt am meisten.

Der Wurm zeigt Schmerzreaktionen, aber er setzt nicht den Widerstand entgegen wie ein Tauwurm, der viel mehr Muskeln hat und der sich streckt, spannt und krümmt, wenn er gehakt wird.

Der Wurm ist groß.

Er hakt ihn noch einmal quer. Dann zieht er den unteren Teil, der dünner und hart ist, der Länge nach über den Haken. Das letzte Stück läßt er überstehen.

Er beködert den zweiten Haken. Beim Auswerfen dann paßt er auf, daß hinter ihm auf der Mole niemand steht.

Es sind viele Leute am Hafen.

Sie kommen auf die Hafenmauer und sehen aufs Wasser hinaus, und hin und wieder bleiben einige bei ihm stehen und sehen ihm zu.

Es stört ihn nicht. Er findet nur, es sind mehr Leute am Hafen als früher, aber das kann natürlich auch am Wetter liegen.

Es ist heute nicht so, um sich am Strand in die Sonne zu legen.

Er blickt zurück über den Hafen.

An das meiste, das er sieht, kann er sich gut erinnern.

Anfangs ist es ihm nicht aufgefallen, doch dann hat er gemerkt, daß sie irgendwann in den vergangenen Jahren den Hafen nach Norden hin ein Stück ausgebaut haben. Den Teil der Mole, auf dem er jetzt steht, hat es früher noch nicht gegeben.

Auch die Stege für die Sportboote sind neu.

Früher sind fast nur Krabbenkutter, einige Behördenschiffe und ab und zu mal eine Yacht im Hafen gewesen.

So wie sie mit der „Undine".

Er erinnert sich an den Hafenmeister.

Der hätte die Kutter damals schon gerne rausgehabt.

Die bringen kein Geld, hat er gesagt.

Wie es aussieht, scheint er es geschafft zu haben.

Aber der Platz vor dem Hafen ist so wie früher, und die Gebäude um ihn herum sind auch die alten.

Vorne zum Hafen hin ist noch immer der „Hafen Imbiß" und daneben der „Hafen Kiosk" mit seinen Andenkenartikeln und all den kleinen Sachen, die die Leute kaufen, wenn sie hier heraufkommen. Es sind dieselben grünen Holzbuden mit den grünen Teerpappedächern von damals.

Und auf den Dächern, die flach ansteigen, stehen noch immer der Mast mit verschiedenen Windmeßgeräten sowie die lange Stabantenne, die beide nach vier Richtungen hin von stramm gespannten Stahlseilen gehalten werden.

Links, wo die Zufahrt zur Fähre nach Dänemark ist, sieht er das rote Flachdachgebäude des Zolls, das er noch kennt.

Und davor, zum Land hin, sind die dunklen Klinker der ehemaligen Wehrmacht-Kraftfahrzeughalle mit den großen, bläulich-grün gestrichenen Toren zum Platz hin.

Wie der „Knurrhahn", gegenüber der Halle, aussieht, hat er nicht mehr gewußt, und die beiden Buden daneben kennt er gar nicht.

Die eine ist eine Fischbude, die andere ein Grill.

Schon ihre Farben und die Aufmachung draußen mit viel Plastik und Weiß und einem Baldachin über allem, der sich rot und rund wölbt, zeigen, daß sie neu sind.

Den Leuten gefällt das.

Die meisten Gäste halten sich hier auf. Drüben beim „Hafen Imbiß", der schon immer gute Fischgerichte und Imbisse anbot, ist kaum jemand.

Das Hafenamt neben den neuen Buden ist ihm noch gut im Gedächtnis. Er hat gewußt, es steht gleich vorne zum Hafen hin, und durch ein ehemaliges Fenster, das zum Schalter geworden ist, werden noch immer Karten für die Ausflugsschiffe verkauft.

Auch an den rot-weißen Feuermast rechts neben dem Hafenamt erinnert er sich und an den Signalmast etwas landeinwärts auf der kleinen Erhöhung vor dem „Wikinger". Ebenso an den Anker aus dem Dreißigjährigen Krieg sowie an die Gedenktafel für den Flugpionier.

Aber obwohl viele Einzelheiten ihm noch vertraut sind und aus der Erinnerung heraus ihre Bedeutung für ihn haben, sind seine Blicke vor allem anfangs darüber hingegangen und er hat nicht gewußt, was sich in den zehn Jahren, seit er nicht hier gewesen ist, mehr verändert hat: der Hafen selbst oder seine Vorstellung davon.

Dann ist die „Palucca" hereingekommen. Mit ihr kamen das Bild des Hafens und seine Vorstellung davon wieder näher zusammen.

Als kurz danach auch die „Adolph Bermpohl" einlief, verlor der Hafen seine Fremdheit fast ganz, und die Tatsache, daß die Krabbenkutter nicht mehr da sind, wog weniger schwer.

Er holt ein.

Er merkt nicht sofort, daß etwas dran ist. Dann spürt er das Zucken in der Rutenspitze.

Es kommt kaum bis zu ihm durch.

Sie hängen dran wie ein Stiefel, denkt er... selbst die größeren.

Er holt weiter ein und sieht durch das schmutzig graue Wasser etwas Weißes zur Oberfläche heraufkommen.

Es ist nicht groß.

Der Fisch hat Zeit zum Fressen gehabt und ist tief gehakt.

Es ist ein Kabeljau.

Er hat vorher schon einen Kabeljau gefangen, der nicht so tief gehakt war.

Es war ebenfalls ein kleinerer, aber er hat ihn gut vom Haken gekriegt und zurück ins Wasser geworfen. Durch das Heraufholen an die Oberfläche oder durch den Aufprall aufs Wasser, vielleicht auch durch beides zusammen, ist er zunächst benommen gewesen. Er trieb eine Zeit lang an der Oberfläche. Gerade, als er anfing sich zu bewegen, ging eine Möwe herunter und schnappte ihn sich.

Bei diesem hier ist von vornherein nichts zu machen. Der Haken sitzt hinter dem Zungenbein fest drin.

Er hält den Kabeljau in der rechten Hand. Er schlägt seinen Kopf auf den Asphalt.

Durch den Fisch geht ein Zittern, das ganz in seinem Innern zu bleiben scheint. Dann liegt er still in seiner Hand.

Er umfaßt ihn fest und hebelt den Haken seitlich aus dem Maul.

Der Fisch fängt aus den Kiemen heraus an zu bluten.

Er löst ihn vom Haken und wirft ihn ins Wasser. Nach und nach schaukelt er in das Kabbelwasser vor der Einfahrt.

Dann geht erneut eine Möwe herunter und holt ihn sich.

Er sieht über die Einfahrt hinweg.

Da, wo die „Adolph Bermpohl" jetzt liegt, haben sie oft mit der „Undine" festgemacht.

Die Mole südlich der Einfahrt ist mit der beste Platz im Hafen. Es gibt da wenig Schwell, weniger als an der Landpier, an der die „Palucca" immer liegt, obwohl natürlich der Westwind an der seewärtigen Mole stärker gegen das Schiff steht als direkt unter Land.

Andererseits macht das in dem kleinen Hafen nicht so viel aus.

Die Flut läuft heute hoch auf.

Die Brückenverkleidung des Rettungskreuzers schaut über die Hafenmauer hinweg.

Er sieht die breit umlaufende, orangerote Signalfarbe auf dem Weiß des Aufbaus. Der Rumpf ist unverändert signalfarben grün und weiß gestrichen wie früher schon und das Beiboot, das der Kreuzer auf dem Achterdeck trägt, ebenfalls.

Er schaut den Bogen der Bucht hinauf nach Norden.

Unter Land üben einige Surfer.

Es sind Anfänger, deren Segel, kaum daß sie ein Stück gefahren sind, wegkippen.

Dann kommen zwei, die es können.

Als sie aus Lee des Landes sind, werden sie sehr schnell. Sie legen sich weit zurück, ziehen die Segel hart an den Wind. Ihrer Haltung nach haben sie sich ins Trapez eingehängt. Die Bretter schießen über das Wasser. Sie springen, wenn sie die Wellen schneiden, und werden noch schneller.

Er sieht über das Wasser und erinnert sich, wie sie an einem sehr schönen, sonnigen Tag den Kreuzer auf See draußen getroffen hatten.

Sie waren von Westen her vom Makrelenfischen gekommen.

Der Kreuzer lief von Norden heran. Oben, nordwestlich vor dem Ellenbogen, sprach er sie auf Kanal sechzehn an. Er wollte wissen, ob sie gut gefangen hatten.

Klar, er kann Makrelen haben, Makrelen so viel er will, hatten sie ihm gesagt und sich noch ein bißchen unterhalten.

Die schnellen Surfer haben gedreht.

Sie kreuzen auf die Insel zu und sind dann wieder unter Land bei den anderen. Die bunten Segel sind schön anzusehen auf dem Wasser, das glatt und flaschengrün daliegt.

Und er erinnert sich an die Makrelen.

Es ist ein sehr gutes Makrelenjahr gewesen, und sie mit der „Undine" waren die ersten, die einen Schwarm hatten, und so viele wie sie hat sonst keiner gefangen in dem Jahr.

Die See hatte sich schon im Juli erwärmt.

Die Stint- und Heringsschwärme waren massenhaft herangezogen, hinter ihnen her die Makrelen.

Und irgendwann in den Tagen ist Hans aufgetaucht.
Eines Tages erscheint an ihrem Schiff und erzählt vom Makrelenfischen.
Er ist von der Insel.
Er sagt ihnen, das Fischen selbst sei kein Problem. Man muß eben nur ein seetüchtiges Boot haben, um weit genug rauszukommen und dann die Makrelen aufspüren.
Er ist ein Makrelenspezialist.
Das merken sie spätestens, als er ihnen beibringt, wie man Makrelen-Vorfächer macht.
Es sind Paternoster-Systeme mit fünf Makrelenhaken übereinander – Haken, die am Schenkel mit nichts anderem als grellfarbigen Federn oder Plastikröhrchen als Köder umkleidet sind.
Die Bleie für die Vorfächer gießt er selbst. Er nimmt durchgebrannte Glühbirnen von der schmalen, spitzen Sorte und verwendet sie als Formen.
Es sind sehr schwere Bleie, die so entstehen, aber das sei vorteilhaft, sagt Hans. Sie selbst wissen bald auch, wie vorteilhaft es ist, wenn Bleie in diesen Gewässern so schwer sind. Sie ziehen die Schnur schnell herunter und halten sie noch in stärkster Strömung gut im Wasser.
Später hängen sie gelegentlich schwere zweihundertfünfzig Gramm Pilker an das Vorfach. Sie führen die Schnur ebenfalls gut. Obendrein haben sie den Vorteil, daß ein Haken mehr am Vorfach ist, der meistens auch einen Fisch bringt.

Hans weiß wirklich alles über Makrelen und wie man sie fischt. Es ist darum wie selbstverständlich, daß er mit der „Undine" und ihnen hinausfährt.

Sie fahren einige Meilen vor die Küste und versuchen es anfangs mit Schleppangelei oder pilken auf gut Glück.

Sie erwischen hauptsächlich Kabeljau, manchmal auch eine Makrele und Hans sagt immer, sie sind noch nicht da.

Dann sind sie da.

Wie stets in den vergangenen Tagen fahren sie gegen Mittag mit der „Undine" nach Westen hinaus und pilken Kabeljau. Sie lassen das Boot treiben, es schaukelt in den Wellen.

Die zwei Mädchen, die sie an dem Tag mit hinausgenommen haben, vertragen das ständige Überholen des Schiffes nicht und werden seekrank. Sie sind tapfer und verlangen nicht zurückgebracht zu werden, aber von der Reling kommen sie nicht mehr weg, und ihr Zustand wird immer erbärmlicher.

Sie fahren also vorzeitig zurück.

Sie sind im ausgetonnten Fahrwasser zwischen den Sandbänken westlich vom Bogen, als Hans losschreit.

Er schreit, ist plötzlich wie wild und fängt an zu springen. Er zeigt ununterbrochen in eine Richtung, schreit und springt, und dann sehen auch sie die Möwen.

Der Schwarm ist eine viertel Meile nordwestlich.

Er ist nicht einmal groß, aber es ist ein Schwarm.

Er ist in wilder Bewegung. Sie sehen, wie die Möwen ins Wasser stürzen.

„Da... da, da sind sie!" schreit Hans.

Er lacht jetzt, schreit dann wieder, und sie fangen ebenfalls an zu schreien.

„Los, da! Hin –! Sie sind da!" schreit er. „Sie sind da!"

Sie schreien alle.

Sie lachen wie irr.

Sie wissen, es ist Hochwasser, oder wissen es auch nicht. Sie drehen das Boot, verlassen das Fahrwasser und gehen quer über die Sandbank direkt auf den Schwarm zu. Sie sehen die Aufregung der Möwen... fahren mitten in sie hinein.

Sie sind im Schwarm, die Maschinen stoppen. Das Boot bremst abrupt.

Sie greifen die Ruten, das Blei plumpst ins Wasser. Das Gewicht des Bleis und die auslaufende Fahrt reißen die Schnur von der Rolle.

Der Bügel schnappt zu.

Sofort kommt das Schlagen.

Es ist heftig.

Es geht durch die ganze Rute bis in die Arme.

Es ruckt, ungestüm, abgehackt und zieht, ein ständiger Zug. Nach unten, nach rechts, nach links, unter das Schiff, weiter nach unten.

Sie holen ein. Es geht schwer.

Unter Wasser schießt es hin und her, strafft die Schnur und reißt an der Rute.

Sie pumpen und holen sie an die Oberfläche. Sie sehen ihre hellen Seiten aufblitzen, ihre Fluchten, die sich gegenseitig hindern. Dann glänzen die Fische in der Sonne. Sie schnellen an den Haken, dicht über

Wasser, höher schon in der Luft. Sie spraddeln über Deck.

Hans reißt sie einfach vom Haken oder schüttelt sie ab.

Noch immer lachen alle.

Sie werfen erneut aus.

Die Schnur läuft ab, läuft ab in normalem Tempo... dann in plötzlicher Beschleunigung.

Noch im Absinken haben ein, zwei Makrelen einen Haken genommen.

Die an Deck spraddeln noch im Todeskampf, und unten im Wasser kämpfen bereits neue in unverbrauchter Wut.

Sie sind große Kämpfer.

Sie wehren sich leidenschaftlich gegen den Haken und die Angel und die Menschen oben. Sie sind voll Kraft und Schnelligkeit, doch wenn sie erst gehakt sind, haben sie kaum eine Chance. Nicht bei den Haken und Schnüren einer Makrelenangel.

Beim ersten Rausholen haben sie jeder vier oder fünf drangehabt. Diesmal ist es genauso.

Sie werfen erneut aus... es sind weniger.

Nach dem nächsten Auswerfen passiert nichts.

Sie schauen auf das Wasser und die herunterhängenden Schnüre. Um sie herum ist es still. Keine Möwen, kein Gekreisch, nichts.

„Weiter!" schreit Hans. „Weiter –! Da sind sie!"

Sie sehen auf.

Der Möwenschwarm ist dreihundert Meter weitergezogen. Sie haben es nicht bemerkt.

Der Skipper springt auf die Brücke, das Boot dreht.
Sie haben kaum Zeit einzuholen.
Die Maschinen dröhnen, im nu sind sie wieder im Schwarm. Um sie herum das Kreischen der Möwen. Das Boot und die Menschen stören sie nicht. Sie sind blind in ihrer Gier, stürzen ins Wasser, wieder und wieder.
Und auswerfen!
Rucken, Reißen, Hin und Her unter Wasser, Rute dagegenhalten. Einholen, spraddeln. Vom Haken schütteln... auswerfen!
Hinter dem Schwarm her.
Dann ist es wieder still.
Sie sehen sich nach allen Seiten um, fahren in die und jene Richtung.
Der Möwenschwarm ist weg, sie haben ihn verloren. Er hat sich einfach aufgelöst, oder sie haben ihn verloren.
„Das war kein großer", sagt Hans.
Er meint den Möwenschwarm – und natürlich ebenso den der Makrelen.
„Aber sie sind da", sagt er noch. Und lacht wieder.
Sie lachen alle wieder.
Sie haben erlebt, wie es ist!
Sie haben sich aufgeführt wie Betrunkene... trunken von sonst vergessenen Instinkten.
Das legt sich dann wieder.
Sie werden nüchtern, und es ist wirklich jene besonders klare Art von Nüchternheit, wie man sie nach einer bestimmten Art Rausch hat – manchmal.
Sie halten auf den Hafen zu.

Natürlich nehmen sie jetzt, wo sie wieder nüchtern sind, nicht den kürzesten Weg.

Sie lassen die Sandbänke steuerbords liegen, holen nördlich aus und gehen dann erst nach Osten hinüber.

Sie haben an die hundert Fische gefangen. Die Yacht sieht aus wie ein Fischkutter. Sie ist voll von Blut und den Exkrementen der Fische, die sich im Todeskampf entleeren.

„Die sind alle hinter den Schwärmen her, den Stintschwärmen", sagt Hans. „Alle. Die Makrelen im Wasser und die Möwen aus der Luft. Wenn du Makrelen haben willst, mußt du Möwen suchen. Und je mehr Möwen..."

Er nickt und grinst dabei und nickt wieder.

Und alles, was er vorher gesagt hatte und jetzt im Augenblick sagt, stimmt.

Sie wissen das recht bald.

Vor allem wissen sie nun, daß die Makrelen da sind und sie nur rauszugehen brauchen, um sie zu fangen.

Anfangs fahren sie einfach los.

Sie sehen zu, daß sie irgendwo einen Möwenschwarm erwischen, haben Glück dabei oder auch nicht. Nach und nach aber bringen sie Methode in die Suche und kriegen einen Blick für selbst weit entfernte Möwenschwärme.

Sie gehen fünf bis sechs Meilen westlich vor die Küste. Dort suchen sie den Horizont ab. Gegen den meist helleren Hintergrund des Himmels können sie große Möwenschwärme noch auf anderthalb bis zwei Meilen Entfernung ausmachen.

Das ist oft mehr ein Ahnen als wirkliches Erkennen, aber sie stoßen immer mitten hinein – immer da, wo die Schwärme am dichtesten sind.

Es ist unglaublich, welche Mengen von Fisch es unter den Möwenschwärmen gibt... Stinte sowohl wie Makrelen.

Die Stinte sind in Panik.

Sie bilden einen Riesenpulk, der zu unvorstellbarer Konzentration verdichtet in irgendeine Richtung davonzieht. Gleichzeitig ist im Pulk selbst Bewegung. Es ist millionenfaches Wimmeln und Drehen und Vorwärtsstoßen auf der Flucht vor dem Tod.

Es sieht aus wie ein Chaos.

Doch irgendwie ist alles geordnet.

Die Bewegungen bestimmter Teile des Pulks scheinen aufeinander abgestimmt zu sein und alle Bewegungen zusammen ebenfalls. Es ist, als gehorche das alles, im Einzelnen wie im Ganzen, *einem* übergeordneten Willen.

Alle Stinte, die außen am Rande des Pulks sind, drängen nach innen. Sie flüchten vor der Gefräßigkeit der Makrelen und stoßen gegen das Zentrum ihres eigenen Schwarms vor. Sie treiben Keile hinein, bringen sich in Sicherheit und drängen andere an den Rand des Pulks und ins Verderben.

Oder der Mittelpunkt des Schwarms verlagert sich.

Irgendwo am Rand entsteht eine Verdichtung.

Die Ansammlung nimmt an Größe und Konzentration zu.

Ab einer gewissen Größe stoßen plötzlich panikartig von allen Seiten her immer neue Mengen von Stinten hinzu. Die, die zuvor im Schutz der umgebenden Masse waren, finden sich unversehens an ihrem Rand.

Es sind jeweils die äußeren, die besonders heftig in Verwirrung und Bewegung sind.

Mit der verzweifelten Energie vom Tod bedrohter Wesen und dadurch ausgelöster Panik bringen sie die Kraft auf, in die Mitte zu drängen, und in allem, was sie tun, ist das einfache Prinzip erkennbar, sich selbst zu retten und andere den Angriffen der Feinde auszusetzen.

Es ist eine ständige Flucht.

Entweder nach innen hinein oder spontane Ausbrüche nach dahin, wo die Makrelen es zulassen.

Der Erhaltungstrieb zwingt sie zu fliehen. Ihr oberstes Bestreben ist es dennoch zusammenzubleiben. Ihr Instinkt sagt ihnen, daß sie nur als Schwarm, der stets und dicht geschlossen ist, eine Überlebensmöglichkeit haben.

Es ist ein Spektakel.

Die Stinte springen in die Luft, wie wahnsinnig, zu Zehn- und Hunderttausenden auf einmal. Dann nochmal und nochmal. Das Wasser brodelt.

Das Ganze sieht aus wie ein Riesenwesen, das sich windet und dreht und vom Schmerz vieler Wunden das Wasser aufrührt.

Dann ist die Oberfläche ruhig, ganz plötzlich.

Das Riesentier hatte sich auf seiner Flucht nach oben gewälzt, nun taucht es wieder ab.

Aber es kann nicht entfliehen, der Kampf geht weiter.

Es ist der erbarmungslose Vernichtungskampf eines gefräßigen Stärkeren gegen einen vielmillionengliedrigen, jedoch wehrlosen Giganten.

Es ist ein stiller Kampf.

Das, was sich im Wasser abspielt, ist bei all seiner Unerbittlichkeit ein stiller Kampf.

Die Makrelen sind immer da.

Sie umgeben die Stinte wie das Wasser. Sie lassen ihnen keine Ruhe.

Sie selbst sind unsichtbar, kommen nie an die Oberfläche, bleiben wenigstens sechs bis acht Meter darunter, doch an den Reaktionen der Stinte merkt man, was unten geschieht.

Die Makrelen jagen.

Sie greifen ununterbrochen an.

Sie sind wie verrückt in ihrer Gier.

Alles, was sich bewegt und ihnen ins Maul paßt, schlingen sie hinunter.

Sie sind voll gefressen zum Platzen, dennoch nehmen sie den Haken, der blank ist und nur ein bißchen bunt, mit derselben Wut und Gier, mit der sie den ersten Stint gefressen haben.

Manche sind einfach zu voll gefressen.

Sie schnellen am Haken in der Luft. Unter der Anstrengung des Kampfes gegen die Angel und der Verzweiflung des Erstickungstodes außerhalb des Wassers würgen sie die Stinte, frisch geschlungene und schon halb verdaute, wieder heraus und kotzen sie über Deck.

Er sieht es oft.

Trotzdem traut er ihnen zu, daß sie noch in diesem Augenblick, so sie nur die Möglichkeit dazu hätten, weiter attackieren und schlingen würden.

Dafür spricht, daß manche Makrelen gleich zweimal gehakt sind. Sie haben einen Haken genommen und als sie schon hängen, den zweiten noch dazu.

Und beim Ausnehmen hat er manchen den Magen aufgeschnitten und fünfzehn Stinte darin gezählt.

Es ist eine Orgie.

Es ist die besinnungslose Wut des Jagens, Tötens und Fressens, die maßlose Unersättlichkeit, die stimulierende Gier der Masse, die sie treibt, und sie haben leichtes Spiel, ihrem Trieb zu folgen.

Mit ihnen auf dem Boot ist es kaum anders.

Im übrigen und genau genommen ist das, was sie tun, Arbeit – richtige, harte Arbeit.

An der Ausrüstung liegt es nicht.

Sie haben das, was man zum Makrelenfischen braucht. Bootsruten, die kurz und steif sind und Meeresrollen, die einiges aushalten und eine gute Übersetzung haben.

Doch sie fangen so viele, daß das mit Sport nichts mehr zu tun hat.

Im Grunde von Anfang an nicht.

In ein paar Stunden mit drei Mann an die zweitausend Makrelen heraufzuholen, ist Arbeit.

Und wenn man nicht so wild darauf ist und nicht diese Makrelengier des Jagens, die einem die Instinkte entzündet, in sich hat, fischt man mit Sicherheit weniger oder hört bald auf.

Sie empfinden es einfach nicht als Arbeit, sich beim stundenlangen Pumpen Muskelkrämpfe im Unterarm zu holen und im Gefolge davon einen Muskelkater zu haben, daß sie am nächsten Tag die Rute kaum halten können. Und bei ruhiger Überlegung des Ganzen gibt es wohl wirklich keine andere Erklärung dafür als die, daß die nie nachlassende Jagdwut und die Unersättlichkeit der Makrelen sie angesteckt haben.

Er sieht nach Norden.

Drüben, von Dänemark her, kommt die „Vikingland". Sie ist noch weiter weg. Auf diese Entfernung hin ahnt man nur, wie hoch sie aufbaut und mit dem Deck über Wasser ist.

Was ihn bei der Makrelenfischerei immer gewundert hat, ist, wie schnell die Fische verschwinden. Es geht von einem Augenblick auf den anderen, und sie und die Möwen sind weg, als hätte es nie auch nur einen Stint im Wasser gegeben.

Er denkt darüber nach und erinnert sich dann an die Schönheit der Makrelen, ihre strenge und sachliche Schönheit.

An die Zweckmäßigkeit und Vollkommenheit ihrer Form, dieser Spindelform des Jägers im Wasser, und vor allem an ihre Farben.

Makrelen sind nicht bunt.

Es gibt viele Fische, die farbiger sind.

Aber er kennt keinen, bei dem die Farben mehr glänzen und intensiver sind und leuchten – solange Makrelen noch leben.

Wenn sie tot sind, ist es anders.

Das Schwarz der Querbinden, tiefstes Schwarz und doch aus sich leuchtend, das Blau des Rückens, das obenauf hart stahlfarben ist und milder wird zu den Seiten, grünlich dann und meerwasserfarben und licht und hell, in weißes Weiß übergehend zum Bauch – all das verliert sein Strahlen.

Der Fisch ist noch blau, schwarz und weiß, aber die Farben sind tot.

Solange er lebt, leben auch die Farben wie mit einem eigenen Leben, doch der Tod nimmt auch ihnen das Leben, vor allem ihnen.

Er hat es immer wieder beobachtet und nie verstanden, wie radikal die Veränderung ist, und gedacht, wer wissen will, was der Unterschied zwischen Leben und Tod ist, wirklich ist und wer es auf einfache Weise wissen will, muß sich nur eine noch lebende und danach tote Makrele ansehen, und er weiß es.

Und wie beim Verschwinden der Schwärme hat er sich bis zuletzt gewundert, wie rasch die Veränderung geschieht.

Die „Vikingland" kommt heran.

Sie hält querab von ihm auf den Fähranleger zu.

Das Rot des Danebro, der lang über den Rumpf gemalt ist, ist gut zu erkennen.

Die Makrelen in jenem Sommer sind wahre Prachtfische. Bei dem nie ausgehenden Futter, das ihnen vor den Mäulern herumschwimmt, werden sie zum August hin immer größer und fetter. Es sind unterarmlange, gut abgewachsene, fette Fische, die sich hervorragend räuchern lassen und die...

Er merkt, daß er festhängt.

Er ruckt einige Male mit der Rute und weiß, er hängt wieder fest. Das Blei ist zu weit südlich abgedriftet.

Er geht nach rechts bis an die Kante zur Einfahrt und kurbelt dabei Schnur auf. Er bringt die Rute in eine gerade Linie mit der Schnur und zieht zu sich hin.

Die Schnur strammt sich.

Er geht vorsichtig zurück und zieht weiter.

Die Schnur fängt an zu vibrieren.

Wassertröpfchen springen von ihr ab. Sie beginnt zu singen, so stramm und gedehnt ist sie.

Dann hat er den Eindruck, unten im Wasser gibt es nach. Er geht wieder vor bis an die Kante und pumpt und zieht.

Er muß mit viel Gefühl arbeiten.

Es geht zentimeterweise und immer bis ans Zerreißen der Schnur, erst dann gibt es unten etwas nach. Irgendetwas Schweres hat er gehakt. Wenn er Glück hat, kommt er damit bis an die Mole, doch spätestens wenn er es in die Höhe heben will, wird die Schnur reißen. Es ist etwas Schweres und auch Sperriges, aber versuchen muß er es.

Dann sieht er die „Palucca".

Er sieht sofort, daß er es nicht schaffen wird, und hört auf zu pumpen.

Er sieht raus zu ihr, wie sie schräg auf die Einfahrt zuhält. Als sie dicht davor ist, löst er die Rollenbremse.

Die „Palucca" kommt genau auf ihn zu.

Es sieht aus, als wolle sie den Molenkopf, auf dem er steht, rammen. Wenige Meter davor kommt sie zum Stehen. Sie schwojt achtern nach backbord herum, der Bug driftet etwas weg, mehr zur Mitte der Einfahrt hin.

Dann nimmt sie Fahrt auf. Sie geht geradeaus in die Einfahrt und faßt die Schnur.

Die Rolle läuft ab.

Sie läuft und läuft und dreht immer schneller und sirrt, und er denkt, so hätte sie laufen müssen bei einem Fisch. Er weiß, solche Fische gibt es hier vor dem Hafen nicht – und dann spannt sich die Schnur wieder... spannt sich, zerrt kurz an der Rute, es macht „pitsch".

Die Schnur ist an der Rolle gerissen.

Er zieht die Rute an den Steckbuchsen auseinander. Es geht schwer.

Er denkt, daß er die Buchsen bei Gelegenheit mit Vaseline einfetten muß. Dann fällt ihm ein, daß er nicht hätte warten sollen, als die „Palucca" kam.

Er hätte einfach reißen müssen.

Die Schnur wäre wie meistens irgendwo vorne abgerissen, so hätte er wenigstens sie gerettet.

Es war eine gute fünfziger Seewasserschnur, und es war unnötig, sie zu verlieren.

Er sucht seine Sachen zusammen.

Er hält die Büchse in der Hand und überlegt, was er mit den Würmern machen soll.

Die „Palucca" liegt an der Pier.

Die Leute gehen an Land.

Er sieht das Schiff, und es kommt ihm wieder sehr groß vor.

So groß, daß er sich für einen Augenblick nicht sicher ist, ob es überhaupt das ist, das er gekannt hat.

Natürlich, es heißt „Palucca", und selbst wenn es ein anderes ist, es ist mehr der Name, der die Erinnerung macht.

Trotzdem...

Er sieht über den Hafen.

Alles zusammen kommt ihm doch wirklich fremd vor und so, als sähe er es zum erstenmal.

So fremd, daß er sich sagt, es kann nicht allein an den wenigen Veränderungen oder an einer möglicherweise zu sehr verklärenden Erinnerung an die Zeit vor zehn Jahren liegen.

Dann kommt ihm der Gedanke, daß die plötzlich empfundene Fremdheit eines scheinbar vertrauten Bildes ein Hinweis auf etwas ganz anderes sein könnte –, daß er sich selbst nämlich im Lauf der Jahre wieder ein Stück fremder geworden ist. Ohne dabei allerdings zu wissen, wer wem genau: der Mensch, der er heute ist fremd dem, der er damals war?

Oder umgekehrt?

Das Wort

Normalerweise, wenn der Wind von Westen kommt, ist die Straße nicht zu hören.

Jetzt lärmt sie, und er weiß, der Wind weht wie gestern – von Osten herüber.

Er versucht seine Ohren vor dem Geräusch zu verschließen und sich zu konzentrieren. Es dauert etwas. Dann steht er wieder vor dem Schrank.

Es ist ein einfacher Holzschrank, gut mannshoch, mit einer einzigen großen Tür ohne Glas.

Er öffnet sie einen Spalt.

Er erkennt mehrere Regalbretter, die in gleichen Abständen übereinander angeordnet sind. Es sind glatt gehobelte, ungestrichene Bretter von einem hellen Nadelholz wie der Schrank selbst auch.

Weiter in den Schrank hinein ist es dunkel.

Er öffnet die Tür ganz.

Vorne auf den Brettern steht alles, was sich an überflüssigem Kleinkram für gewöhnlich in einem Haus findet– Blumentöpfe, Kartons, Geschirr, Werkzeug, Schuhe. Dazwischen gibt es Bücher, eine kaputte Uhr, Glühbirnen und einige Fläschchen mit Medikamenten.

Die Dunkelheit hinten bleibt.

Er sieht in sie hinein, doch es scheint, daß sie endlos tief ist.

Er versucht mehr nach vorne hin, hart am Rand der Dunkelheit, noch etwas zu erkennen, und plötzlich rollen aus dem Dunkel und zwischen den Töpfen,

Kartons und Büchern hervor überall kleine, runde Kugeln.

Es sind – ja, was sind es?

Einzelne, nicht ganz runde Kugeln und Kügelchen, viele, viele, zu denen ständig neue hinzukommen... von der Größe von Stachelbeeren etwa.

Aber es sind keine Stachelbeeren.

Sie rollen vor und hin und her, ihre Bewegungen werden schneller. Es wirkt, als sei zunehmende Aufregung unter ihnen.

Dann fangen sie an zu piepsen.

Erst hört es sich an, als seien es Küken. Und auch das Piepsen nimmt zu, bis er schließlich Stimmchen vernimmt.

Diese kleinen Gebilde *sprechen*.

Sie wollen aus dem Schrank, sagen sie. Es sei so dunkel darin.

Oder wenigstens soll die Tür aufbleiben, damit sie Licht haben.

Ihre Stimmchen schwirren durcheinander. Dennoch kann er sie gut verstehen... ja, er soll auf gar keinen Fall den Schrank wieder schließen.

Sie sprechen wirklich.

Er beugt sich vor, um sie näher zu betrachten.

Er sieht angestrengt hin. Währenddem ist es, als geben diese Gebilde nach und nach eine vorher noch gewahrte Anonymität auf und er erkennt, daß es – Trauben sind, Weintrauben, ja.

Einzelne Beeren einer hellen Rebsorte, die in großer Zahl sich auf den Brettern bewegen, dabei unentwegt sprechen und die nun obendrein anfangen kleine Auswüchse zu kriegen.

Er führt die Augen noch dichter an sie heran, um zu sehen, was da geschieht, und unter seinem Zusehen werden die Auswüchse größer.

Es geht rasch. Dann haben die Beeren einen Kopf und vier Beine.

Die Auswüchse sind selber kleine Beeren, die an der größeren, die den Leib bildet, angewachsen sind.

Und der Kopf ist größer als die Beine, auf denen sie richtig laufen können. Sie sind jetzt noch beweglicher und schneller als vorher und piepsen noch mehr durcheinander.

Er greift in den Schrank und nimmt eine Beere zwischen zwei Finger.

Er betrachtet sie.

Dann zieht er an ihrem Kopf. Er zieht und hat vor, ihn abzureißen und zu essen.

Nicht... nicht, piepst sie.

Es klingt gespielt erschrocken, als sei sie sich sicher, er mache nur einen Scherz mit ihr. Alle anderen piepsen aufgeregt.

Sie bewegen sich schnell und ungeordnet an den Rändern der Regalbretter. Manche der vordersten werden schon von Nachrückenden heruntergestoßen. Das vergrößert ihre Aufregung.

Er zieht weiter.

Der Kopf sitzt sehr fest, viel fester, als man es von einem solchen Traubengebilde erwarten könnte.

Schließlich reißt er daran, und die ganze Zeit, in der er zieht und reißt, piepst die Beere: nicht, nicht! Nur dies – in einem anderen Ton jetzt allerdings.

Es ist noch immer kein schmerzhaftes Piepsen, es ist nicht einmal aufgeregt oder gar hysterisch. Es hat etwas von – Ergebenheit.

Es ist ein Ausdruck darin, wie wenn jemand etwas nicht faßt und einfach nicht glauben kann, daß es wirklich geschieht.

Das Piepsen wird auch nicht lauter, eher leiser. Wie in sich hinein zur Bekräftigung des Unfaßbaren, und doch ist, je stärker er reißt, schließlich immer mehr Schrecken und Entsetzen im Ausdruck dieses „Nicht!".

Er reißt den Kopf ab.

Einen Moment ist Stille, vollkommene, bedrückende Stille.

Dann schreien alle auf.

Er hat die kleine Beere, die der Kopf gewesen ist, in der rechten Hand.

Er führt sie zum Mund.

Da hört er die Stimme der Traube. Sie spricht ohne Kopf.

Ich – schrum... pfe, sagt sie.

Sagt es mit einem Ausdruck, wie er ihn noch nie gehört hat.

Dennoch erfaßt er ihn sofort.

Es ist ein Ausdruck, der mit leisem Aushauchen einem Wort seiner deutschen Sprache solchen Ton und Inhalt zu geben vermag, als wäre es allen Sprachen dieser Welt gemeinsam und besage, daß etwas, das jung ist und hoffnungsvoll und gut, zu seinem unerwarteten und unwiderruflichen und auch *bewußten* Ende kommt und stirbt, wobei aber nicht einmal der Tod als solcher Grund zu Schrecken und Entsetzen und Fassungslosigkeit ist, als vielmehr diese besondere Art des Sterbens.

Ich – schrum... pfe.

Er schaut auf seine linke Hand.

Die Traube ohne den Kopf liegt auf dem flachen Handteller.

Er sieht, wie sie gleichsam in sich zurückwächst.

Es ist allerdings nicht einfach ein Kleinerwerden – sie verändert ihr Aussehen dabei, von innen her.

Es ist, als hätte sie plötzlich ein Skelett.

Sie wird kleiner und kleiner, und trotzdem kann er ihr Knochengerüst immer deutlicher erkennen.

Er erschrickt.

Und dann sagt sie: Es ist...

Es ist...

Ja, was hat sie gesagt –?

Er überlegt.

Es ist ein Wort, das ihn bis ins Innerste getroffen hat. Wenn er versucht, sich in die Wirkung des Wortes hineinzufühlen, merkt er das noch jetzt.

Das Wort hat eine Wahrheit, die unbezweifelbar ist, die ganz klar und sofort da ist. Und diese Wahrheit sagt ihm, daß er das Schlimmste, das ein Mensch tun kann, soeben getan hat.

Er überlegt weiter.

Sie hat ein Adjektiv gebraucht, ein einziges Wort nur noch hinter diesem „Es ist...“.

Seinem Sinn nach muß es etwas ähnliches wie „furchtbar" oder „entsetzlich" gewesen sein, aber das war es natürlich nicht, das ist viel zu nichts sagend, nein, das war es überhaupt nicht.

Sie hat ein Wort gesagt, das etwas beschreibt, das ganz unerhört ist. Etwas, das schlimmer ist als der Tod... viel, viel schlimmer, und das nun geschieht. Und sie hat es mit genau dem unerhörten Ausdruck gesagt, der der Bedeutung dieses Wortes entspricht.

Er überlegt lange, ohne sich auf das Wort zu besinnen und hört zwischendurch die Straße. Dann hat er das Gefühl, daß er es als größten Verlust seines Lebens ansehen muß, dieses Wort nicht mehr in sich zu finden.

Es kommt ihm vor, als sei es der Eingang zum Innersten seines Selbst – ein verschütteter Eingang solange er das Wort nicht entdeckt.

Und darüberhinaus scheint es ihm einen Reichtum, eine Klarheit, Wahrheit und Kraft zu haben, als sei in diesem einen Wort alle Erfahrung mit allem Menschlichen und allen Dingen versammelt.

Vielleicht kommt es in einer Sprache vor, die nur im Traum gesprochen wird, denkt er.

Oder vielleicht ist es unsere Sprache, und man versteht sie nur noch im Traum richtig. So, daß man sie mit dem Gefühl versteht, mit dem Gefühl allein.

Er erinnert sich an den Augenblick unmittelbar nach dem Wort. Er hat die Hand mit der kleinen Beere, die er hat essen wollen, sinken lassen.

Seine Schuld hat ihn ohne den geringsten Zweifel auf unwiderrufliche Art sofort und gänzlich erfaßt und wirft ihn nieder.

Im Schrank ist völlige Stille.

Er sieht hinein.

Die Trauben haben sich in kleine und kleinste Menschen verwandelt.

Sie stehen reglos.

Sie sehen ihn mit schreckgeweiteten Augen an, und ihm geht auf, daß es, so klein es sich ihm darbot, ein *menschliches* Skelett war, das er gesehen hat – und er dreht sich von so vielen anklagenden Blicken, diesen stummen Blicken, weg.

Danach ist er in einem Wald.

Gehen Sie nach nebenan, sagt jemand, den er nicht sieht. Hier muß man aufpassen. Nebenan sind feste Wände.

Er versteht nicht, was der mit dem „Nebenan" meint, aber er sieht sich um.

Er sieht, daß der Wald in einem Haus ist.

Nach allen Richtungen hin ist Wald, nichts als Wald. Nur hinter sich sieht er durch die Bäume eine hohe Wand – und doch ist er sich ganz sicher, daß der Wald sich in einem großen Haus befindet.

Er dreht sich um, geht zwischen den Bäumen auf die Wand zu und durch sie hindurch.

Der Raum, in den er gelangt, ist groß, sehr groß und auf den ersten Blick leer. Er hat keine Fenster, und es ist dämmerig darin. Er ist so groß und hoch, daß er die Decke und einige Wände nicht sehen kann.

Die Wand, die er rechts von sich erkennt, hat eine Tür. Daneben stehen ein Holztisch und einige Holzstühle.

Weiter ist in dem Dämmerlicht nichts zu sehen.

Er steht längere Zeit.

Er hat das Gefühl, es sei *sein* Raum, in dem er sich befindet – ein Raum, der ihm zugehörig ist und er wiederum dem Raum.

Er steht einfach da und macht weiter nichts, und es fehlt ihm nichts, und der Raum kommt ihm vertraut und heimelig vor.

Dann hört er Stimmen. Sie kommen durch die Tür.

Er öffnet sie und geht in den Raum nebenan.

Er ist so groß und hoch wie der, aus dem er gekommen ist, und er ist ebenfalls fast leer.

Aber es ist hell darin.

Das Licht fällt von einer Seite des Raumes durch hohe, hohe Fenster herein, die vom Fußboden bis hinauf zur Decke reichen.

Draußen sieht er, einige Dutzend Schritte entfernt, einen Waldrand.

Er geht weiter in den Raum hinein.

Er setzt sich an einen Tisch, an dem einige jüngere Leute sitzen. Der Tisch ist rund und sehr groß. Nicht weit ab davon stehen andere, ebenfalls jüngere Leute, und an einer Wand sieht er einen Mann, den er nicht kennt. Er steht vor einer Wandkarte, zeigt mit einem Stock darauf und spricht.

Soviel er mitbekommt, geht es um etwas Geschichtliches – ja, der Mann an der Wand redet über einen

Krieg. Welcher es ist, weiß er nicht, und es interessiert ihn auch nicht.

Er sieht auf die jungen Leute am Tisch.

Sie unterhalten sich.

Die meisten von ihnen kennt er, er glaubt sie zu kennen, allerdings nicht aus dem wirklichen Leben, nur hier jetzt im Traum, und wer sie sind, weiß er nicht. Die anderen, abseits vom Tisch Stehenden sprechen ebenfalls miteinander. Er sieht sie ihre Münder bewegen, ohne zu hören, daß sie etwas sagen.

Einer von denen, die er zu kennen glaubt, sieht ihn an und lacht. Er schiebt ihm eine Zeitung über den Tisch zu, spricht dabei und bewegt die Lippen, aber er hört auch ihn nicht. Wie er die Situation versteht, bedeutet ihm der andere, sich die Zeitung anzusehen.

Die erste Seite zeigt ein Foto. Es ist ziemlich groß.

Er liest den Text darunter und lacht kurz auf. Der Mann an der Karte sieht ihn an und kommt zu ihm herüber. Er fragt ihn, warum er lache, und lächelt dabei.

Hier, sagt er, das Foto.

Der Mann schaut es an und liest dann, was darunter steht.

Er lächelt unverändert weiter, geht zurück an die Karte und lächelt noch immer.

Auf dem Foto ist ein großes Stadion.

Die Ränge sind voller Menschen, die alle auf dem Bauch liegen. Die Gesichter haben sie auf den Boden gedrückt. Sie liegen dicht an dicht und sind alle auf den Mittelpunkt des Stadions hin ausgerichtet.

Dort ist eine einzelne Person.

Sie liegt ebenfalls auf dem Bauch, und es ist eine Frau.

Unter dem Foto steht, man habe ein neues Tränengas ausprobiert. Ein Flugzeug sei über das Stadion geflogen und habe das Gas versprüht. Der Versuch sei zufriedenstellend verlaufen.

Dann steht da noch, die Frau im Innenraum sei die englische Königin. Sie hat nach dem Versuch gesagt: Es ist ein wunderbares Tränengas. Ich habe sehr geweint. Ich bin glücklich. Alle Welt wird glücklich sein.

Er lacht erneut, und während er lacht, ist er plötzlich auf einem Fest, wo viele Menschen lachen und tanzen und fröhlich sind.

Natürlich, die Straße ist im Osten.

Bei dem Wind lärmt sie, als wäre sie nah beim Haus. In Wirklichkeit ist sie ein Stück weit weg.

Er erinnert sich, daß sein Aufenthalt im Wald etwas mit diesem Fest zu tun gehabt hat.

Er überlegt.

Er ist aufgewacht und hat das Ticken der Uhr gehört.

Ja, es gibt da irgendeinen Zusammenhang.

Danach hat er das Grummeln der Straße vernommen, das ihm anfangs gleichmäßig erschien.

Nein, er kommt nicht darauf, was da für ein Zusammenhang ist.

Dann hat er unterscheiden können, wie der böige Wind die Geräusche in ständiger Veränderung herüberträgt und der scheinbar monotone Lärm an- und abschwellt.

Irgendwie war es eine Vorbereitung auf das Fest.

Jetzt hört er die Motoren einzelner schwerer Lastkraftwagen heraus.

Sie röhren.

Weiter unten an der Straße ist eine Ampelanlage, an der sie anhalten müssen. Sie röhren, wenn sie wieder anfahren, und der Ton steigt an, bis sie geschaltet werden, fällt dann erneut in Röhren zurück, das blubbernd und vom Wind verzerrt herüberkommt.

Und er hört jetzt auch den fiependen Singsang der Reifen von schnell fahrenden Autos.

Er denkt wieder längere Zeit an das Wort, das ihm nicht einfallen will, und was er dabei empfunden hat.

Anfangs, als er aufgewacht ist, hat der Traum in ihm weitergelebt.

Alles ist deutlich gewesen und wie ein natürlicher Mittelpunkt in ihm drin. Es ist ungleich klarer gewesen als jede Erfahrung, die durch die Bewußtseinsfilter wirklichen Erlebens geht und die von außen nach dort hinein mit solcher Klarheit nie vordringen kann und die darum auch nicht von dieser Offenbarungskraft ist.

Er denkt weiter nach, aber seine Gedanken schweifen zunehmend ab.

Ihm wird klar, daß das Nachdenken, dieser fast gewaltsame Versuch, etwas Schwebendes festhalten zu wollen, alle Empfindungen, die er im Traum gehabt hat, zerstört.

An dessen äußeren Ablauf kann er sich im wesentlichen erinnern.

Er glaubt das wenigstens.

Nur was er dabei gefühlt hat, geht mehr und mehr verloren.

Er überlegt weiter, doch selbst auf den Zusammenhang zwischen seinem Aufenthalt im Wald und dem Fest kommt er jetzt nicht mehr.

Er macht die Augen auf.

Das Fenster im Zimmer geht nach Nordosten.

Die Vorhänge sind zugezogen, und er kann nicht erkennen, ob die Sonne scheint.

Die Straße ist da, denkt er. Aber sie hört sich anders an, wie zugedeckt – es ist bestimmt diesig heute.

Gegen Mittag geht er ans Wasser.

Die Sonne ist mittlerweile herausgekommen, und es ist klar.

Er sieht über den hellen Strand und die vielen Menschen unten. Das Licht ist so hell, daß der Sand ihn blendet.

Er kneift die Augen zusammen und schirmt sie mit beiden Händen ab.

Dann blickt er hinaus aufs Wasser, das offen daliegt und Lichtblitze schleudert.

Nur draußen, weit draußen, wo Himmel und Meer sich berühren, verliert sich die blendende Helle in Dunst.

Der Küster

Der Roggen auf den Feldern rings um das Dorf ist geschnitten.

Auf den Stoppeln liegen Strohballen. Es sind lange Stoppeln, wie sie nach der Arbeit von Mähdreschern zurückbleiben, und die Ballen sind fest gepreßt, groß und rund, und manche stecken in Kunststofffolie. Sie liegen schwarz im Grau dieses Nachmittags. Die Folien glänzen stumpf.

Es regnet.

Im Sonnenschein haben die Ebenen der Felder geleuchtet.

Es war ein blondstoppeliges Leuchten, in sich gekehrt schon und still, mit dem der Himmel sich traf und das zum durchsichtigen Blau des Spätsommers und seinem milden Leuchten, den hohen, weißen Wolken darin paßte und das den Blick und den Horizont verband.

Doch nun sind alle Farben leer.

Alles ist grau und nah und abgeschnitten.

Selbst die Wiesen haben schon jenes kurze Grün, das hier und da braunfleckig ist wie der Herbst, und die dunkle Erde ringsum ist schwer wie die Wolken, die darüber liegen.

Sie hängen dicht über Land.

Sie lasten darauf, und nichts läßt erkennen, ob sie sich bewegen.

Der Himmel ist eine einzige große Wolke.

Es sieht aus, als wolle sie nie mehr weitergehen und als sollten ihr Grau und ihre Schwere alles auf lange Zeit niederdrücken und ertränken.

Es ist ein kalter Regen.

Er kommt sachlich und auf kürzestem Weg von oben herunter. Nur manchmal faßt eine Böe hinein und jagt ihn schräg vor sich her.

Dem Mann an der Mauer können die Böen und der treibende Regen nichts anhaben. Er steht im Windschatten der Südmauer – dennoch wird er naß.

Das Dach über ihm hat keine Regenrinne.

Es ist hoch und steil und mit anthrazitfarbenen Schieferplatten gedeckt, die glatt sind und wie poliert glänzen.

Das Wasser fließt schnell daran herunter. Es tröpfelt, tropft und pladdert überall von der Traufkante. An einigen Stellen sind es kleine Sturzbäche, die heruntergehen.

Wie fließende Eiszapfen, die bis zum Boden reichen, hängen sie an der Kante. Ein ununterbrochenes Hinab aus Schlieren von ausfransendem Wasser, das zu Boden geht und auf die Platten zu Füßen der Mauer platscht.

Der Mann steht etwas von ihr ab.

Er steht halb zwischen der Tür, die ganz links in der Mauer ist, und dem kleinen, niedrigen Anbau rechts, der mit roten Dachziegeln gedeckt ist und rechtwinklig vom Hauptbau abgeht.

Von den Sturzbächen beiderseits neben ihm bekommt er nichts ab, aber der Dachvorsprung oben ist schmal.

Von ihm herunter tropft es ununterbrochen auf seine Schultern und auf die Mütze, die er trägt.

Es scheint ihn nicht zu stören.

Er steht ruhig und sieht nach vorne in die Richtung, wo der Zufahrtsweg und der freie Platz draußen vor der Mauer sind. Die Einfriedung ist aus Feldsteinen aufgeschichtet. Sie ist nicht hoch und er kann gut darüber hinwegsehen. Zwischen ihren Steinen wachsen Gras, Halme, kleine Büschel und an einer Stelle, mehr nach links zu, oben drauf ein Holunderstrauch.

Der Mann dreht den Kopf nach rechts, als wolle er hinüber auf die Straße schauen. Aber sie führt hinter dem Reetdachhaus mit den roten Klinkern vorbei, und von seinem Platz aus kann er sie gar nicht sehen.

Die Tür in der Mauerwand geht auf.

Ein Mann und eine Frau erscheinen.

Sie bleiben einen Augenblick im Eingang stehen und blicken nach oben.

Dann rennt der Mann los.

Er läuft den kürzesten Weg quer durch eine große Pfütze, und als er bei seinem Auto auf dem Platz angelangt ist, läuft auch die Frau.

Sie trägt Schuhe mit hohen Absätzen und läuft steifbeinig mit kurzen Trippelschritten. Beim Loslaufen hat sie die Tür zugeschlagen.

Das Auto setzt zurück, wendet und fährt in Richtung Straße.

Von dort biegt ein anderes in den Zufahrtsweg ein.

Der Mann sieht ihm entgegen. Er tritt etwas vor, reckt den Hals und tritt wieder zurück.

Er hält die Hände in den Taschen.

Von der Dachkante tropft es weiter auf ihn herunter. Er blickt kurz nach oben. Er fährt sich mit der rechten Hand in den Nacken, dann über beide Schultern und rückt näher an die Quadersteine hinter ihm.

Sie reichen bis in die Höhe des Rundbogens der Tür. Darüber kommen Ziegelsteine, und die ganze Mauer ist weiß getüncht.

Es müßte ein leichtes für den Mann sein, sich der Nässe zu entziehen und hinein ins Trockene zu gehen. Wenn er es nicht schon gewußt hat, hat er ja sehen können, daß die Tür nicht abgeschlossen ist.

Und wie er da steht und jetzt manchmal nach oben blickt und über die Jacke wischt, hat es den Anschein, die Nässe dringe allmählich durch seine Kleidung hindurch, und es sei ihm nicht einerlei damit.

Ja, es wirkt seltsam, daß er dort steht.

Natürlich hat das vor allem mit dem Regen zu tun und mit der Tatsache, daß er sich ihm ohne Not aussetzt. Das ist aber nur der eine, der gleichsam von sich aus ins Auge springende Aspekt der Sache. Irgendwie scheint es auch, als passe der Mann nicht an diesen Ort.

Die Menschen, die hier zur Besichtigung herkommen, sind Fremde und Stadtmenschen, wie man so sagt.

Er aber sieht nicht so aus, als wolle er etwas besichtigen, und den Eindruck eines Stadtmenschen macht er schon gar nicht. Wie es scheint, ist er ein Einheimischer, und gerade darum wohl wirkt er fremd hier.

Draußen auf dem Platz stehen drei Autos.

Ihre Nummernschilder zeigen, daß die Fahrzeuge nicht auf der Insel zugelassen sind und eins aus Berlin und ein anderes aus Hamburg kommt.

Der Wagen, der zuletzt vorgefahren ist, stammt ebenfalls nicht von hier, und so wie es aussieht, hat der Mann mit keinem der Fahrzeuge etwas zu tun. Nein, es spricht alles dagegen – seine Art, sein Verhalten, seine Kleidung.

Er hat einen Elbsegler auf dem Kopf. Er trägt eine Joppe und eine graue Hose mit Bügelfalten. Die Joppe ist halblang, von schwerem Stoff und dunkel. An den Füßen hat er kräftige, schwarze Lederschnürschuhe mit dicker Sohle.

Das Ganze ist von ländlicher Art, doch keineswegs einem folkloristisch gefälligen oder irgendwie modebehafteten Verständnis nach, sondern nüchtern, zweckmäßig und derb.

So einfach es aussieht, zeigt es eine bestimmte solide Korrektheit, der jede Lässigkeit oder gar Nachlässigkeit, wie man sie im Äußeren der Ferienmenschen, die hier für gewöhnlich auftauchen und die der Stätte ihres Interesses am wenigsten angemessen ist, der also jede Lässigkeit oder gar Nachlässigkeit, die man dennoch in aller Regel bei diesen Menschen sieht, fehlt.

In seiner Haltung kommt das ebenfalls zum Ausdruck.

Die Besucher sieht man in Bewegung.

Sie fahren vor und fahren wieder weg. Sie treten auf im stets flüchtigen Vorwärts wie auf der Durchreise, und tatsächlich *sind* sie Durchreisende, sowohl an diesem Ort wie für die Dauer ihres Aufenthalts auf der Insel – ja, Durchreisende: eine jeweils bemessene Spanne Zeit nur, die sie für einen jeweiligen Ort und die Insel im gesamten haben.

Der Mann dagegen steht.

Er steht fest in seinen Schuhen und hat die Beine etwas auseinandergestellt und hält trotz der Tröpfelei von oben den Rücken gerade und den Kopf hoch.

Es sieht aus, als wisse er nicht einmal wie er steht, und es sei eben seine Natur so zu stehen. Seine Gestalt wirkt breit in der Joppe und ist von jener Festigkeit, die mehr als nur Kraft ist.

Er trägt eine Brille. Sie steht dem Gesamteindruck, den er macht, nicht entgegen, sondern betont ihn sogar, indem das dicke, honigfarbene Gestell der Brille die mehr gröberen Züge seines Gesichts hervorhebt.

Insgesamt seinem Zuschnitt nach ist es wenig harmonisch, aber es hat keinen harten Ausdruck und wirkt sympathisch.

Sein Gesicht und seine Gestalt sagen, daß er aus einem Bauern- oder Fischergeschlecht stammt, das sich in einer Vergangenheit erzwungener und darum harter körperlicher Arbeit irgendeine städtische Verfeinerung nicht hat leisten können.

So wie seine Art ist, kann man ihn sich am ehesten bei der Arbeit auf einem Acker vorstellen. Bei jener alten Feldarbeit, wenn der Mann hinter den Pferden und dem Pflug geht und der Pflug die Erde umwirft und der Mann den Pflug führt.

Man muß nur für einen Augenblick die Besucher vergessen, dann sieht man, daß er es ist, der zu diesen

Mauern, die schon so lange hier stehen, gehört und daß die Fremden und ihr Auftreten falsche Maßstäbe setzen.

Es ist nichts anderes als wie so oft eine eigentlich unzulässige Verschiebung von Perspektiven oder Perspektivlosigkeit überhaupt. Sie entsteht durch Nachlässigkeiten gegenüber sich selbst sowie allgemein den Dingen und nach und nach auch durch Gewöhnung.

Der Mann tritt etwas vor und blickt erneut zur Dachkante hinauf.

Dann sieht er in Richtung zur Straße und geht zur Tür, vor der eine große Steinplatte in den Boden eingelassen ist.

Er schüttelt sich, klopft die Nässe von Joppe und Hose und scharrt mit den Schuhen auf einem Rost von Eisen, der auf der Platte liegt.

Er blickt noch einmal links über die Schulter zurück und öffnet die Tür. Er nimmt seine Mütze ab, schlägt die Nässe aus und geht hinein.

Gleich hinter der Tür liegen zwei Kokosmatten auf einem Bodenbelag aus grober Maschinenware, der rot und abgelaufen ist. Der Mann scharrt im Vorwärtsgehen mit den Füßen über die Matten, die Tür läßt er auf.

Im Inneren ist es dämmerig.

Rechts, in der oberen Hälfte der Wand befinden sich von der Tür aus nach vorne zu drei Fenster. Sie sind bogenförmig und ihre Ausschnitte lassen die gewaltige Dicke der Mauer erkennen.

In der Wand gegenüber und sonst im Raum gibt es keinen weiteren Lichteinlaß.

Der Mann bleibt stehen.

Rechts von ihm führt in den Raum hinein der Mittelgang ab. Er ist schmaler als der Zugang von der Tür, hat aber denselben Bodenbelag, der bis nach vorne hin durchgeht.

Links und rechts vom Gang reihen sich die Bänke in ihrer blauen und weißen Lackierung mit den roten Sitzbezügen darauf sowie den rechteckig blauen und grauen Türen davor. Bis auf eine links hinten im Raum, hinter der eine Frau in der Sitzreihe sich zu schaffen macht, sind alle Türen geschlossen.

Die Frau trägt eine Kittelschürze und sieht aus wie früher eine Frau bei häuslicher Arbeit. Der Staubsauger, den sie führt, gleitet zwischen den Sitzreihen entlang, dann über die Sitzbank selbst. Sein Kabel läuft bis nach ganz vorn durch den Mittelgang und rechts ab auf den kleinen Anbau zu.

Der Mann hat sich umgedreht.

Er hält mit beiden Händen die Mütze an sich gedrückt und sieht zur Tür. Er steht nahe bei einem der mittleren von den acht Stützbalken, die zur Westgiebelseite hin die Empore tragen, die mit ihrer ebenfalls blau und weiß lackierten Brüstung sich den ganzen Giebel entlang durch den Raum zieht.

Weiter vorne im Halbdämmer zuckt ein Fotoblitz.

„Von wo ist er?" fragt die Frau.

Sie hat den Staubsauger abgeschaltet und wischt mit einem Staubtuch.

Der Mann dreht sich etwas.

„Die Feier war drüben", sagt er. Er nickt mit dem Kopf zum Westgiebel hin. „In der Stadt."

„Kennst du ihn?"

„Jensen."

„Welcher Jensen?"

Er nickt erneut nach Westen. „Von drüben."

Sie hört auf zu wischen.

„Jensen –?"

„Du kennst ihn nicht."

Er sieht zur Tür, und sie fängt wieder an zu wischen.

„Letztes Mal hab ich nicht mitbekommen, wie sie gekommen sind", sagt er.

Sie sieht nicht auf und nimmt den Staubsauger.

„Ich hab zu spät..."

Sie schaltet das Gerät ein.

Der Mann schaut kurz zu ihr hin und dann weiter zur Tür.

Von vorne kommt wieder ein Blitz.

Etwas seitlich unter dem vorderen Kronleuchter stehen drei Männer.

Der Leuchter ist aus Messing, das in dem Dämmerlicht matt schimmert. Er ist kunstvoll gearbeitet und hängt schwer herunter. Zwei der Männer sehen zu ihm hinauf, und der, der fotografiert hat, deutet mit dem rechten Arm auf ihn und spricht.

Im Hauptraum hängt ein weiterer Kronleuchter, und der Fotograf zeigt auch auf diesen.

Einer der beiden anderen Männer, der älter ist als seine Begleiter, sieht nach vorne zur Kanzel und hört nicht zu.

Dann zeigt der Fotograf nach oben zur Decke mit ihren querlaufenden, rotbraunen Balken. Er spricht weiter, und der ältere Mann sieht jetzt nach hinten. Er blickt zur Frau mit dem Staubsauger, die die Tür zur letzten Bank geöffnet hat und dort ihre Arbeit fortsetzt. Er steht und sieht zu ihr hinüber, bis sie mit Staubsaugen fertig ist und wieder anfängt zu wischen. Dann folgt er den beiden anderen, die ganz nach vorn durchgegangen sind.

„Ich hab zu spät...", sagt der Mann am Stützpfeiler wieder und dann: „Sie kommen!"

Er nickt.

Er ruckt mit den Schultern, nimmt die Mütze in die rechte Hand und geht zum Eingang.

Er bleibt kurz stehen, sieht nach rechts hinüber, setzt die Mütze auf und geht einige Schritte hinaus.

Dann bleibt er wieder stehen.

Jenseits der Feldsteinmauer, links vom Eingangstor, das weiß und aus Holz ist, mit einem zu den Seiten abschwingenden Bogen darüber und dem schwarz-weißen Holzkreuz oben drauf, hält ein Auto.

Vier Männer steigen aus.

Sie kommen durch das Tor auf den Eingang zu und haben es eilig. Einer sagt etwas zu dem Mann. Er grinst dabei und die anderen drei grinsen ebenfalls.

Sie stellen sich in den Eingang und sehen nach draußen. Der, der den Mann angesprochen hat, dreht sich zur Frau hin, sagt etwas zu ihr und grinst wieder.

Der Mann ist ernst geblieben und hat nur genickt, als die vier kamen. Er wartet noch einen Augenblick und geht dann nach rechts um die Ecke, um die in Böen der Wind kommt, und wo ein paar Meter weiter als Grabstätte das kleine Häuschen mit den beiden eingemauerten Kapitänen steht.

Kurz darauf schlägt die Glocke an.

Anfangs zögerlich, hat dann bald ihren Rhythmus und schlägt langsam weiter.

Sie kann nicht groß sein, doch bei klarem Wetter mag sie einen Klang haben, der hell ist und über die Häuser bis auf die Felder geht.

Nun erstirbt er beinahe.

Regenwolken und Nässe hüllen die Schwingungen in eine besondere Art Stille von dichter, erdrückender Stetigkeit.

Und während die Glocke in immer derselben Langsamkeit weiter schlägt, fahren draußen auf dem Vorplatz von der Straße her Autos vor.

Der Leichenwagen stellt sich gleich rechts neben das Eingangstor.

Er kommt als erster.

Er fährt auf dem Platz einen Bogen nach rechts und setzt rückwärts an die Mauer heran.

Die vier Männer gehen hinaus vor das Tor. Sie stellen sich mit dem Rücken gegen das Wetter. Sie ziehen die Schultern hoch und machen kurze Hälse.

Aus dem Leichenwagen steigen zwei Männer.

Der Fahrer geht hinten ans Auto. Er öffnet die Hecktür und klappt sie hoch. Er löst eine Arretierung und zieht den Sarg auf zwei Rollenschienen ein Stück aus dem Auto heraus.

Der Beifahrer klappt die Tragegriffe am Sarg aus.

Zwei der Träger treten links und rechts herzu. Sie packen die vorderen Griffe. Die beiden anderen stellen sich seitlich von ihnen auf. Jeder weiß offensichtlich, was er zu tun hat, und alles zusammen sieht aus wie ein oft eingeübtes Zusammenspiel.

Der Fahrer tritt etwas zur Seite. Er beobachtet die Leute, die aus den Autos steigen und sich vor dem Tor sammeln.

Dann kommt der Pfarrer.

Der Fahrer nickt den Männern zu.

Sie rollen den Sarg weiter heraus.

Die beiden wartenden Träger packen die hinteren Griffe.

Alle vier heben den Sarg wie probeweise kurz an und setzen ihn wieder ab. Dann heben sie ihn richtig hoch und gehen etwas vorwärts.

Der Beifahrer holt einige Kränze aus dem Auto, und der Fahrer faßt die Hecktür und drückt sie ins Schloß.

Die Träger schwenken mit dem Sarg rechts herum, gehen einige Schritte und schwenken nach links auf das Tor zu. Der Fahrer und der Beifahrer nehmen die Kränze auf und folgen ihnen.

Der Pfarrer sieht über die Menschen. Er hebt den rechten Arm zu einer Gruppe hin nah bei ihm und geht los.

Die anderen setzen sich nach und nach in Bewegung und folgen ihm paar- und gruppenweise nach.

Die Träger kommen durch das Tor.

In Erwartung der Böen, die sie gelegentlich treffen, stemmen sie sich nach vorn. Ihre schwarzen Anzüge, naß vom Regen, glänzen auf den Schultern.

Die Jacken haben offenbar schon lange die Form verloren und wirken abgetragen, und der Saum der Hosenbeine schleift hinten an den Hacken der Männer über den Weg. Der Stoff dort ist beschmutzt und ausgefranst, und zwei der Träger haben schwarze Gummistiefel an und die beiden anderen spitze Lederhalbschuhe, die von der Nässe aufgeweicht sind.

Sie halten die Köpfe vom Wind schräg abgewandt.

Sie neigen die Oberkörper vor und sind darauf gefaßt, dem Wind standzuhalten.

Seit sie zum Leichenwagen gegangen sind, zeigen sie ernste Gesichter.

Und als sie den Sarg aufgenommen haben, schien es, als trügen sie zusammen mit dem Gewicht des Toten und des Sarges plötzlich auch Trauer und schweren Schmerz.

Sie stemmen sich vorwärts.

Die Augen halten sie zu Boden gesenkt. Sie schwanken, wenn der Wind sie faßt, aber sie greifen aus, und die Kranzträger folgen.

Zwischen ihnen und dem Pfarrer entsteht eine Lücke, die bald größer wird.

Der Pfarrer geht aufrecht.

Er kneift die Augen etwas zusammen, doch das Gesicht hält er dem Wind entgegen.

Er ist ein größerer Mann in einem weiten Talar, der unter den anstürmenden Böen hinter ihm heftig im Wind flattert. Er hat eine Glatze und einen dunklen Bart. Er hält den Kopf hoch und gerade, sein Blick folgt dem Sarg vor ihm. Seine ganze Haltung verrät, daß er Regen und Wind nicht zur Kenntnis nehmen will. Er schreitet langsam und die Trauergäste trotten hinter ihm her.

Es ist ein kleiner Zug.

Am Ende kommt mit einigem Abstand jemand in einem hellen Mantel. Er ist groß. Er hat einen langen Hals und dünnes Haar mit Dauerwellenlocken. Er hält einen Schirm über sich und eine Frau links neben ihm und hält ihn so, daß er hauptsächlich sich selbst vor dem Regen schützt.

Er sagt etwas zu der Frau und lacht. Dann sieht er zu ihr herunter. Er bleckt die Zähne und lacht erneut. Er kommt durch das Tor, während vorne die Sarg- und Kranzträger um die Ecke zum Westgiebel, auf dem das große, schmiedeeiserne *A* und die Zahl *1711* stehen, verschwunden sind.

Der Weg ist leer.

Es regnet.

Und die ganze Zeit läutet die Glocke und läutet noch.

Dann wird es still.

Nur der Regen fällt.

Der Mann mit dem Elbsegler kommt von links herüber, wo der hölzerne Glockenturm zwischen Gräbern steht. Er klopft wieder seine Joppe ab, scharrt mit den schweren Schuhen über den Rost und nimmt die Mütze vom Kopf. Er stellt sich in den Eingang der Kirche und sieht hinaus.

Hinten am Kopf ist er kahl. Sonst hat er dünnes, blondes Haar, das glatt und strähnig ist.

Er dreht sich halb zum Raum hin um.

„Heute war´s gut", sagt er hinein. „Letztes Mal hab ich zu spät... Was?"

Und nach einer Pause: „Ja."

Er sieht weiter hinein.

„Morgen", sagt er dann. „Morgen."

Jetzt spricht die Frau wieder.

„Wer?" fragt er, „ich weiß nicht, wer. Ich kenne ihn nicht."

Die Frau redet weiter, und er schaut dabei über die Schulter hinweg in die Kirche.

Dann blickt er nach oben in den Himmel, der tief und grau ist und aus dem der Regen gerade herunterkommt.

„Ja", sagt er. „Hoffentlich."

Der Käfer

S. liegt auf dem Bauch.

Er liegt flach am Boden. Die Arme hat er in den Schultergelenken verdreht. Er hält sie gestreckt und sie zeigen in spitzem Winkel vom Körper.

Die Hände sind nahe bei den Oberschenkeln. Die Handinnenflächen, die Innenseiten der Unter- sowie die Außenseiten der Oberarme weisen nach oben. Das rechte Bein ist etwas angewinkelt.

Er hat die Augen geschlossen und liegt regungslos.

Unten, an den Zehen des linken Fußes, spürt er eine Tatze des Hundes.

Er versucht zu schlafen.

Er versucht es seit längerem, doch so wie er liegt, in dieser erzwungenen, von ihm selbst ja erzwungenen Haltung, gelingt es ihm nicht.

Am Wangen- und Stirnknochen über dem rechten Auge spürt er einen unangenhmen Druck vom Gewicht des Kopfes, und der Sand kommt ihm hart vor, als liege sein Körper auf einem Brett.

Aber die Sonne ist da, denkt er... wenigstens das.

Wie er es empfindet, ist der ganze Himmel Sonne.

Eine einzige übergroße, strahlende Sonne.

Und außer dem Druck vor allem gegen seinen Kopf und den dadurch verursachten Schmerz gibt es eigentlich nichts, das ihn am Einschlafen hindern könnte.

Nein, da sind noch die Arme.

Die Arme... und die Gelenke... die Schultergelenke.

Wenn ich die Arme anders lege, ist die Spannung aus ihnen weg – und der Druck gegen den Kopf vielleicht ebenfalls.

Er überlegt, ob er sich anders hinlegen soll, kann sich aber nicht entschließen.

Und da sind ja auch noch die Krabbelviecher, denkt er.

Dann fällt ihm ein, daß er nicht einschläft, weil es ihm nicht gelingt, an nichts zu denken, und er sagt sich, daß er innerlich viel zu wach ist, um einschlafen zu können.

Ja, das ist es – seine Gedanken.

Seit er hier liegt, sind sie nicht zur Ruhe gekommen und unaufhörlich gesprungen. Er hat dabei ständig neue Bilder vor Augen gehabt und über der Ablenkung durch die Bilder zwischendurch sogar den Druck gegen den Kopf nicht mehr gespürt.

Oder dieser Schmerz am Kopf, ein kleiner Schmerz eigentlich doch nur, betäubt sich zwischenzeitlich selbst und entsteht dann wieder neu.

Er versucht an nichts zu denken und hält sich ganz still.

Für einen Moment ist es leer in seinem Kopf.

Es ist gut, denkt er, wenn ich nicht daran denke, daß ich die Arme verdreht halte und daß mein Kopf... und daß die Krabbelviecher...

Plötzlich sieht er wieder die Möwen.

Er mag Möwen nicht.

Die Art, wie sie gierig und untereinander mißgünstig hinter jedem Brocken her sind, mißfällt ihm. Ebenso ihre kalten Augen, in denen er diese Gier zu sehen meint.

Die Möwen von vorgestern aber haben ihm gefallen.

Er denkt an sie und hat dabei ihr Bild vor Augen und vergißt, daß er an nichts hat denken wollen.

Er ist den Strand hinuntergegangen. Die Vögel haben nah beim Kliff auf einem Damm gesessen.

Es ist eine ganze Schar, und sie lassen ihn dicht herankommen.

Die Alten sind weiß.

Die Jungen von diesem Jahr sind schon so groß wie die Alten, aber sie sind braun mit weißen Sprenkeln oder nur einfach braun.

Er hat den Wind im Rücken.

Sie sitzen alle in einer Richtung gegen den Wind auf dem Kamm des Damms und sind ganz ruhig.

Er kann ihre Augen, die starr sind und ihn beobachten, sehen.

Dann breitet eine von denen, die ihm zunächst sitzen, die Flügel aus. Es ist eine weiße. Sie ist plötzlich einige Meter hoch über dem Damm in der Luft und hat nichts weiter getan, als die Flügel auszubreiten und an den Wind zu stellen.

Er sieht zu ihr hoch.

Sie schwebt ruhig in der Luft, dreht den Hals etwas und läßt sich vom Wind tragen.

Nach und nach heben andere ihre Flügel. Sie stellen sie an, der Wind faßt unter und weht sie hinauf. Ohne Flügelschlagen, ohne jede Anstrengung, mit ausgebreiteten Schwingen nur hat der ganze Schwarm Möwen sich in die Luft gehoben. Sie reiten auf dem Wind, fangen einzelne Böen ab, stehen auf der Stelle. Einige stellen erneut die Flügel an den Wind, leicht nur, schweben hinauf bis zur Höhe des Kliffs, stehen dort in der Luft.

Und die Jungen fliegen so gut wie die Alten.

Es ist ein Bild, das ruhig und schön ist, voll Harmonie und auch Gelassenheit, und er erinnert sich, daß nicht einer der Vögel geschrieen hat, ganz so, als hätten sie ein Empfinden für Schönheit und als wollten sie eine solche Ruhe und Harmonie nicht durch mißtönendes Gekreisch stören.

Sicher, es ist Starkwind vorgestern. Er allein sorgt für den Auftrieb und die scheinbare Schwerelosigkeit.

Am Signalmast unten am Strand ist der rote Ball hochgezogen.

Wegen des Windes und der durch ihn verursachten starken Strömungen im Meer sowie der Buhnenreste überall ist es gefährlich, ins Wasser zu gehen. Den Möwen jedoch kommt der starke Wind zugute. Ohne ihn hätten sie sich nicht einfach so in die Luft heben und dort halten können.

Er weiß das. Trotzdem hat er die Leichtigkeit, mit der sie schweben, bewundert, und ihre Ruhe bei seiner Annäherung machte sie ihm wirklich sympathisch.

Und er denkt an diesen Wind von vorgestern.

An den Wind und den Regen.

Ein böiger, scharf treibender Wind, der ziemlich genau von Norden kommt.

Am Dienstagabend setzt er ein.

In der Nacht dann folgt der Regen, und er schüttet eine Menge Wasser herunter.

S. wird darüber wach.

Er hört, wie die Schauer auf das Dach des Wohnwagens trommeln.

Sie klatschen gegen das Vorzelt, das sich unter den Böen bläht. Die Zeltplane flattert und knallt.

Es hört sich schlimm an.

Er liegt da und befürchtet, er muß in den Regen hinaus, die Leinen nachspannen und sogar stärkere Heringe einschlagen. Er liegt eine Zeitlang wach. Während er noch darüber nachdenkt, schläft er wieder ein.

Doch er hat eine unruhige Nacht.

Ständig hört er den Regen und den Wind und die Geräusche des Zeltes.

Als er am Morgen aufwacht, hat er den Eindruck, der Regen ist noch stärker geworden. Er schaut einmal kurz aus dem Fenster und zieht sich gleich wieder die Decke über den Kopf.

Und es hört nicht auf.

Irgendwann am Vormittag kommt er aus dem Bett.

Das Vorzelt steht unter Wasser, aber es steht noch.

Auch der Platz ist ein einziger See. Als er hinaus zur Toilettenanlage geht, zieht er sich Gummistiefel an.

Es schüttet den ganzen Tag.

Erst gegen Abend hört er keinen Regen mehr und denkt, es ist vorbei. Er verläßt den Wohnwagen, um an den Strand zu gehen.

Als er herauskommt, ist Sprühregen in der Luft. Er scheint von allen Seiten gleichzeitig zu kommen –

von oben, von den Seiten und von unten sogar, und er ist so fein, daß er ihn auf der Haut kaum spürt.

Doch der Wind hinter dem Regen, der unverändert treibt und drückt, sorgt dafür, daß die Nässe überall eindringt.

Noch ehe er am Strand ist, merkt er, wie dieser Regen, den er nicht hört und fühlt, seinen Parka schwer gemacht hat. Auch die Hose ist bis zu den Stiefeln herunter durchnäßt, obwohl es eine besondere Art Nässe ist: sie tropft nicht.

Dennoch macht sie die Kleidung noch steifer und schwerer als Anziehsachen, die auf gewöhnliche Weise naß sind, und am Körper fühlt sie sich nach einiger Zeit in Verbindung mit dem Wind nicht weniger unangenehm an als Nässe, die tropft.

Es ist ein heimtückischer Regen.

Und egal wie, er ist nun draußen.

Er läßt sich vom Wind den Strand hinuntertreiben und merkt, wie gut es ihm tut, an der Luft zu sein. Er hat den ganzen Tag im Wohnwagen herumgesessen und gelegen. Sein Kopf war dumpf davon. Jetzt atmet er diese Luft, die am Wasser noch feuchter ist, riecht das Meer, und er ist froh, sich bewegen zu können.

Er macht den Hund von der Leine los. Hetzt ihn und jagt selbst über den Strand, so schnell wie die Stiefel und die schweren Kleider es zulassen.

Dann kann er nicht mehr. Er geht wieder ein Stück und der Hund...

S. merkt, wie etwas über seinen rechten Oberschenkel krabbelt.

Er lächelt in Gedanken: ja...

Er war stehengeblieben, um etwas zu Atem zu kommen.

Der Hund rennt voraus. Er duckt sich, drückt sich an den Boden und will spielen – ein Angriffs- und Verfolgungsspiel, wie sie es oft spielen.

Dieses Krabbeln –!

Da, wo das Krabbeln an seinem Oberschenkel ist, kitzelt es S.

Ich bin nicht müde, denkt er, einfach nicht müde genug – und lächelt erneut in Gedanken.

Auf dem Rückweg, als der Wind ihnen entgegenschlägt, wirft er Holzstücke ins Wasser... nicht zu weit hinein... so, daß der Hund nicht in Gefahr kommt.

Die Brandungswellen sind stark und brechen recht nah am Ufer, aber der Hund geht hinein. Er ist voller Mut, holt die Stücke heraus, und es freut S., seinen Mut zu sehen.

Er nähert seinen Arm der Stelle, wo es kitzelt, und wischt mit der Hand darüber – das Kitzeln ist weg.

An diesem Mittwoch hat es wirklich ausgesehen, als solle es mit dem Regen eine Ewigkeit weitergehen. Außer Wolken und wieder Wolken und Regen und Wind hat es nichts gegeben.

Am Donnerstagmorgen weht der Wind noch immer, doch der Himmel ist klar.

Wie frisch gewaschen überwölbt er alles. Die See, die am Vortag schmutzig und grau und grün war, spiegelt seine Klarheit und erstrahlt in tiefstem Blau.

Alles funkelt und glänzt.

Der Wind kommt unverändert von Norden. Er ist weiterhin stark und ist kalt wie ein Winterwind. Er hat alles Wolkengrau weggeblasen. Die Atmosphäre ist so herrlich rein und frisch wie dieser Wind selbst.

S. geht vormittags an den Strand.

Es sind schon wieder ziemlich viele Leute am Wasser. Sie frösteln, doch die Sonne und der Wind machen, daß sie lebendig und frisch aussehen.

Die meisten gehen angezogen am Strand entlang, einige sitzen in Strandkörben. Sie haben sie gegen den Wind gestellt, sich zum Teil sogar ausgezogen und sonnen sich.

S. geht ein Stück den Strand hinunter und dann in die Dünen.

Er sucht eine Kuhle, die nach Norden hin geschützt ist und legt sich in den Sand. Er schaut in den Himmel. Er versucht, an nichts zu denken. Der Bogen über ihm mit dem in die Tiefe immer dichteren Blau kommt ihm sehr weit und sehr hoch vor – so weit und hoch wie er es noch nie gesehen hat.

Und heute ist alles wie gestern.

Der Himmel, die See, der Sand.

Der Wind ist noch ebenso kalt, jedoch nicht mehr ganz so stark.

Die Senke, in der er heute liegt, ist tief und groß.

Zu allen Seiten um ihn herum steigen Sandwände empor, die bis in den Himmel zu reichen scheinen.

Es ist eine Senke inmitten einer ausgedehnten Düne.

An den oberen Rändern der Wände sind scharfe Abbruchkanten, die sich in dunklen Linien vom Himmel darüber abgrenzen.

Es ist eine weiße Düne. Sie ist bis an den Rand zur Senke hin mit Strandhafer bewachsen.

Weiter unten an ihren Flanken hat S. auch die blau-grünen Blätter von Strandroggen gesehen sowie Stranddisteln, und landeinwärts zu wachsen auf den Dünen Sandsegge und Silbergras und ebenso Kriechweide.

Zusätzlich gibt es da noch Krähenbeeren und Dünen-rosen mit ihren weißen oder rosa Blüten und vor al-lem die Besenheide, die sehr holzig ist und die so wunderbar aussieht, wenn sie blüht und aus der Ent-fernung betrachtet wie ein Teppich die Dünenhänge bedeckt.

Es erstaunt ihn immer wieder, was alles auf dem Sand wächst, doch hier auf der weißen Düne findet sich fast ausschließlich Strandhafer. An den Abbruchkan-ten der Senke hängen seine vertrockneten Wurzeln in die Luft.

Die Wände darunter sind überwiegend eben.

Teilweise haben sie ein Reliefmuster, von Wind und Wetter eingekerbt. Es sind treppenähnliche Einker-bungen, wie ein Fluß sie im Verlauf vieler, vieler Mil-lionen Jahre in Gestein schneiden kann.

Er hat so etwas auf Fotos gesehen. Die Reliefs hier erinnern ihn daran, obwohl der Maßstab natürlich ein ganz anderer ist.

Der beste Platz zum Liegen in der Senke ist da, wo sie zu ihrer nördlichen Seite hin wieder ansteigt.

Er hat verschiedene Stellen ausprobiert, und diese ist die beste.

Der Wind fällt in die Mitte der Senke ein. Je nach-dem, wie stark die Böen herunterkommen, erreichen sie ihn hier noch gerade und streichen über ihn hin.

Er merkt dann jedesmal, wie kalt der Wind ist, und wenn er etwas andauert, bekommt er eine Gänsehaut.

Aber er muß das in Kauf nehmen.

Ohne diesen Wind, der den Himmel so blank gefegt hat, würde die Sonne kaum noch Kraft entwickeln.

Es ist September. Mitte September und über Mittag hinaus.

Die Sonne steht schräg hinter ihm.

Die Wand, zu deren Füßen er liegt, steigt zunächst nur flach an. Ihr Steigungswinkel und der Stand der Sonne sind so, daß die Sonnenstrahlen fast senkrecht auf ihn fallen.

Jedesmal, wenn ein Windloch um ihn ist, spürt er die plötzlich ansteigende Wärme auf der Haut. Dabei hat er das Gefühl, daß es auf Dauer hier unten, wo ja die Strahlung von allen Seiten von den Sandwänden reflektiert wird, ohne den Wind zu heiß sein würde.

Der Nordwind kommt nicht direkt in die Kuhle. Er verwirbelt sich bereits oben an der Düne und dann noch in der Senke, und meistens sind es kleine, umgehende Winde, die ihn von überallher angehen.

Sie streicheln seine Haut.

Alles in allem findet er, ist es gut so.

Auch der Sand hat die richtige Temperatur.

Und an der Oberfläche ist er mittlerweile trocken.

Als er gekommen war, hat er mit seinem rechten Fuß im Sand gebohrt und gemerkt, daß er gleich darunter noch feucht und kalt war.

Das ist einige Zeit her. Jetzt spürt er nichts mehr davon.

Ich sollte ins Wasser gehen, denkt er.

Ins Wasser gehen und mich müde schwimmen.

Er spürt wieder die Tatze des Hundes.

Sie hat ihn die ganze Zeit berührt, und gerade hat sie gezuckt.

Er verlagert sein Gewicht auf die rechte Seite. Er hebt den linken Arm. Dann öffnet er das linke Auge, beugt etwas den Kopf und blinzelt unter dem Arm hindurch nach unten zu seinen Füßen.

Der Hund liegt lang ausgestreckt im Sand.

Sein Körper wirkt aus der Perspektive, aus der S. ihn jetzt sieht, noch größer, als er ohnehin ist. Die Beine weisen gerade von ihm. S. sieht, daß die Tatze des rechten Hinterlaufs ihn an seinem Fuß berührt.

Er stupst leicht dagegen.

Der Hund reagiert nicht.

S. hat schon beim Zucken gewußt, daß er im Tiefschlaf ist und die Dinge für ihn nicht besser sein können.

Er läßt den linken Arm wieder sinken und richtet den Kopf nach vorne.

Das Auge behält er auf.

Er sieht die Fläche des Sandes vor sich. Eine helle, gleißende, ebene, scheinbar unterschiedslos ebene Fläche, die allmählich in einer Wand von Sand vor ihm emporsteigt und von der er weiß, daß sie hoch wie eine sich überschlagende Woge über ihm steht.

Sein Blick fällt ganz dicht vor ihn – die ebene Fläche löst sich in einzelne unzählige Sandkörnchen auf.

Er richtet ihn etwas weiter – die Sandfläche hat noch Strukturen.

Dann noch etwas entfernter – die Oberfläche erscheint angerauht... und noch ein Stück weiter, und er sieht die ebene, unterschiedslos ebene Fläche, die ihn blendet.

Er schließt das Auge.

Als er es wieder öffnet, bemerkt er das Insekt.

Es ist ein kleiner Käfer.

Er ist kaum größer als die größten Sandkörner und dicht vor seinem Auge.

Er sitzt am Grunde eines Trichters.

S. kneift das Auge zusammen.

Auf irgendeine Weise hat sich eine trichterförmige Vertiefung im Sand vor ihm gebildet.

Sie ist klein und nicht tief, und vielleicht ist es der Abdruck einer Hundetatze.

Er hat diese Art Käfer heute schon öfter gesehen. Es sind die, die ihn mit am Einschlafen hindern, aber er kennt sie nicht und hat keine Vorstellung, wie sie heißen.

Der Käfer hält sich still.

In dem hellen Licht kann S. ihn deutlich erkennen – die Gliederung in Kopf, Brustring und Leib, sechs Beinchen und zwei Fühler, die klein und sehr beweglich sind.

Seine Farbe ist schwer zu bestimmen. Manchmal sieht er schwarz aus, dann wieder schimmert er grün metallisch.

Die Fühler gehen ständig hin und her. Sie sind insgesamt keulenförmig mit winzigen Verdickungen an den Enden.

Und eigentlich ist er schwarz, doch je nachdem, wie das Licht auf ihn fällt, schimmert er auch grünlich.

Er setzt sich in Bewegung.

S. sieht, wie er versucht, aus dem Trichter herauszuklettern. Er kommt ein Stück vorwärts und purzelt zurück.

Eine Zeitlang sitzt er wieder am Grund.

Seine Fühler arbeiten.

Dann läuft er erneut los.

Er versucht es ein ums andere Mal, aber was er auch anstellt, er kommt nicht aus dem Trichter heraus.

Im flacheren Teil geht es zunächst immer gut vorwärts. Dann wird es steiler. Er muß klettern. Seine Beinchen umklammern einzelne Sandkörner, mehr kriegen sie nicht zu fassen. Es wird noch steiler – das Körnchen kann sein Gewicht nicht mehr tragen, es kommt ins Rutschen. Andere rutschen nach, stoßen an darunter liegende, bringen auch die in Bewegung. Eine kleine Sandkornlawine geht nieder, reißt den Käfer mit.

Er liegt auf dem Rücken.

Die Beinchen zappeln in der Luft.

Er schaukelt und dreht sich, doch nirgendwo kann er sich mit den Beinen abstoßen.

Dann schnellt er plötzlich vom Rücken her hoch und fällt auf die Seite. Seine Beinchen rudern weiter. Sie kriegen etwas zu fassen. Er stößt sich ab und steht wieder.

S. sieht, daß er Flügel hat.

Unter den Chitindeckeln auf dem Rücken, die fest und schwarz sind, sehen ihre Spitzen hervor. Sie sind gefaltet und wie durchsichtig und sehr zart und dünn. S. schließt sein Auge.

Er denkt wieder an die Möwen.

Dann fragt er sich, warum er nicht eher gesehen hat, daß unter den Deckeln Flügel sind, und warum der Käfer sich so anstrengt, aus dem Trichter herauszukommen und nicht einfach fortfliegt.

Vielleicht braucht er Wind, um starten zu können, denkt er. Stärkeren Wind, als hier unten ist.

Und wie kann ich seine Flügel sehen, wenn er die Deckel darüber so fest anlegt, daß ich die kaum erkenne?

Als er dabei ist, nichts mehr zu denken, spürt er etwas über den Rücken krabbeln.

Es ist auf der rechten Schulter.

Schon wieder.

Sie lassen einen nicht in Ruhe.

Der Wind... es ist zu wenig Wind hier. Am Strand sind bestimmt keine.

Das Krabbeln hört für einen Augenblick auf.

Dann geht es weiter.

Er wirft sich herum und schlägt mit der linken Hand auf die Schulter.

Er atmet tief ein.

Er öffnet wieder das linke Auge und blinzelt über den Sand.

Der kleine Trichter etwas seitlich vor ihm ist verschwunden.

So wie es aussieht, hat er ihn beim Herumwerfen des Körpers mit dem Arm eingeebnet.

Er nimmt seine linke Hand vor.

Er kann nicht erkennen, wo der Trichter war, aber er stochert mit dem Zeigefinger an der Stelle, wo er meint, daß er gewesen ist.

Er stochert nur ein bißchen und weiß, es hat keinen Zweck.

Dann macht er das Auge wieder zu.

Die Krabbelviecher und der harte Sand, denkt er – und bemüht sich wie vorher, an nichts zu denken.

Er hat den Eindruck, daß es ihm jetzt leichter fällt.

Kurz bevor er einschläft, schimmert der Gedanke in ihm durch, daß er den Möwen möglicherweise Unrecht tut und daß der Käfer vielleicht weggeflogen ist.

Ja, es kann gut sein, daß er sich da im Trichter an seine Flügel erinnert hat und noch rechtzeitig weggeflogen ist.

Dann schläft er.

Und sieht wieder die Möwen, wie sie über ihm schweben – leicht und schwerelos.

Plötzlich schwebt er selbst auch auf ausgebreiteten Schwingen.

Der Wind faßt ihn und weht ihn empor. Hoch und immer höher bis unter dieses dichte Blau, hinein in das Blau, daß alles, was er sieht, ein einziges Blau ist. Er fühlt nur den Wind und seine Leichtigkeit, und es ist, als sei es ein blaues Glücksgefühl, auf dem er schwebt, und als sei *sein* Glück das Glück der ganzen Welt.

Er sieht nach unten.

Er sieht das blaue Meer und die Insel. In dem großen blauen Meer die Insel und auf der Insel *einen* Menschen, einen einzigen Menschen nur.

Er sieht ihn von seiner blauen Höhe – der Mensch ist klein, winzig klein.

Er ist so klein wie ein Mensch im Verhältnis zum großen Meer, das er sieht und in dem die Insel klein ist, tatsächlich nur klein sein kann.

Der Mensch liegt am Boden.

Er ist nackt.

Und so klein alles auch ist, sieht er es deutlich: die Vertiefung um den Menschen herum, eine Sandwoge über ihm... seltsam verdrehte Arme.

Im Traumgesicht erkennt er, daß er sich selber sieht.

Ein ungeheurer Schrecken erfaßt ihn.

Er schreit.

Einen einzigen langen Schrei nur.

Die unendliche Kuppel von Blau um ihn herum stürzt mit Getöse zusammen, stürzt als blaue Flut dem Meer entgegen, schleudert ihn hinab. Um ihn nur noch Wasser, unendliches, blaues, so sehr blaues... plötzlich schwarzes, so sehr schwarzes Wasser... nun hell, heller... kein Wasser mehr – Sand, glitzernder Sand... vor ihm, um ihn... *über* ihm!

Die Woge bricht herab, begräbt ihn.

Ein Mahlstrom faßt ihn, reißt ihn fort.

Sand in den Augen, Sand im Mund – Luft... Luft!

Fratzen... Sandskulpturenfratzen grinsen.

Er reißt den Mund auf – Luft, Luft! ... will schreien.

Sand füllt seinen Kopf... erstickt den Schrei... erstickt ihn.

Eine der Fratzen bellt.

Er fährt hoch... öffnet die Augen.

Die plötzliche Helligkeit blendet ihn.

Er weiß nicht, wo er ist.

Es bellt erneut.

Er blickt auf.

Der Hund steht vor ihm. Er ist aufgeregt, trippelt hin und her, stupst mit dem Kopf nach ihm und bellt.

S. ist verstört.

Er fühlt weiter den Schrecken der Erkenntnis in sich, hört das Gebell, und weiß noch immer nicht, wo er ist.

Dann faßt er nach dem Hund.

Seine Hand greift erst ins Leere, findet ein Vorderbein, tastet sich hoch bis zur Schulter.

Er streichelt darüber und sagt: „Es ist gut – sei ruhig, es ist doch gut."